JN097080

北海道豆本 series49

TSUME-KU

@あの日あの人

爪句集 覚え書き―49集

本爪句集シリーズは、日々投稿しているブログの原稿を取捨選択して編集したものである。ブログ記事の対象は雑多で、写真を撮ってブログ記事が書けるものなら何でも、といった塩梅である。野鳥や動物、山野草や樹木、景観、建物、列車、天候、イベントとあらゆるものが爪句の対象である。当然これに人物も加わる。

人物は見知らぬ人を写真に撮ることはほとんどなく、何かの状況で見知った人を撮影している。従って、人物の写真を集めたこの爪句集は、写真を主体にした交遊録ともいえる。ただ、爪句集のスタイルは爪句17文字と1写真につき110文字の写真の説明文なので、どんな状況でその人を撮影したのか程度しか記述できない。その人となりをある程度説明するには設定文字数が足りない。

さらに野鳥とか花であれば年月が経ち個体が変わっても、個体を問題にしている訳ではないので、過去に撮影していても、同じ野鳥や花の名前で作句し説明が書ける。これに対して人物は社会における立場が変わっていく場合が多く、“ある日”

の人は“別の日”には別の人になっている可能性がある。この状況で、同一人物でもその変化の経緯について説明し出すと短い文章では書ききれないし、爪句集ではそれを意図してもいない。

本爪句集では書名が示すように“ある日”に撮影され写真に残された“あの人”なのである。ただ、説明の文章が短い点を少しでも補おうと、単なるスナップ写真ではなく、その人がどんな場所にいたのかを見ることのできる全球パノラマ写真で撮影出来た人物を選んでいる。全球パノラマ写真の一部を切り取った写真と並べて印刷してあるQRコードをスマホやタブレットで読み込むと、全球パノラマ写真中の人物として見ることができる。

しかし、このような全球パノラマ写真に撮影出来なかった人でも、交遊録的には残しておきたい方々もおられる。このようにスナップ写真しか残っていない方々については全球パノラマ写真と少しでも整合性を持たせるため、後日撮影した空撮全球パノラマ写真の天空部分に貼り込んでみた。当然ながら人物を撮影した状況と空撮パノラマ写真には関連性は無い。

交遊録といってもあまりにも個人的なものでは爪句集にまとめても読者に見向きもされないだろ

う。この点、道新文化センターの講座で訪問した「都市秘境」を冠してもよさそうな場所や、海外旅行の観光地での一コマ、イベントでの一場面等々でそれなりに読者の興味を引き出す写真を選んだつもりである。しかし、これは著者の意図が読者とはずれているかも知れない。

全球パノラマ写真で限られた紙幅の紙の本に、インターネットの技術を援用してページからはみ出してより多くのことを伝える形式の本は、交遊録を越えた本作りの可能性を拡大させるものだと考えている。例えば、QR コードを読み込んで再現した画像に又 QR コードを入れ子のように描き込んでおくと、その QR コードをさらに読み込んで幾層にもなる世界に入り込める。本爪句集でも二重程度の QR コードの入れ子構造を試してみている。

このような紙メディアとインターネットのハイブリッド形式の本に問題がない訳ではない。インターネットでアクセスするためのデータはどこかのサーバに保管されている必要があり、そのサーバの保守が滞れば全球パノラマ写真は見ることができない。この点に関して言えば、紙に印刷してしまえば本が残る限りその内容を読んだり見たりできる紙媒体の強靭さが証明される。

本爪句集を交遊録と位置付けると、よく顔を会わせる人でも、よく顔を会わせるが故に意図してパノラマ写真を撮る機会を逸していて、人物の距離感と比例して写真が採録されている訳でない点が気になる。その気になる点はあるにせよ、なるべく多くの人を爪句集に登場させようと試みた。写真は200枚を超していて、同一写真に何人か写ったものがあるから、多分300名を超す方々が爪句集に登場する。これはかなりの数であると思っている。

ただ、本爪句集に登場した方々の多くは（ほとんどが）この爪句集の存在を知らないだろう。その点が心残りである。しかし、その分あまりにも私的な出版物になっていない点で救いにもなっている。

爪句@あの日あの人　目次

I　大学人・研究者

Ⅱ　同期生・同門生

- カナダ・ルイーズ湖畔に立つ北大電子１期の同期生高谷邦夫教授と齋藤清教授
- 深圳市での e シルクロード展示会で記念撮影した李長春広東省書記
- 先生の祝い事を口実に集まる北大青木研究室の面々
- 手持ちカメラ撮影で撮影者が写らない全球パノラマ写真
- 同期生の経験を綴った文集の発行に未練を残す弔慰金の処理
- 卒業後は日本人学生より交流の多い中国人学生
- 技術的な話が止まらない高級技術者を自負する同門者
- 成都国際空港でのサプライズ再会の蘭州交通大学の邱沢陽先生
- 爪句集を手に研究室出身者の集まりでの劉さん、侯先生、張先生
- オンライン同期会に並ぶ北大電子１期生の顔

Ⅲ　IT 企業家

- マーメードの壁画のある自社ビルを建てたシステム・ケイの鳴海敦大社長
- 札幌卸売市場を見下ろして写る森正人サンクレエ社長
- 親子３代で北大に縁のあるノーステクノロジー社長呉敦氏
- 企業寿命 30 年説を覆すデジック社長中村真規氏
- IT の街中工場にエンジニアの理想郷を求める中本伸一氏
- 新聞記事に札幌ビズカフェ初代代表で紹介される村田利文氏
- 世界的なボーカル初音ミクを札幌で誕生させた伊藤博之社長
- 起業の原点が札幌にあるソフトブレーン創業者宋文洲氏
- エヴァンゲリオンと携帯・スマホを結び付け商品化した里見英樹社長
- 「神は細部に宿る」を社名にしたインディテールの坪井大輔社長
- 「おバカじゃないの、ニッポン」を出版したエイブルソフト森成市社長
- ヨットの趣味があるビー・ユー・ジー DMG 森精機の川島昭彦社長
- マイコン制御ベクタースコープ前の北海道電気技術サービス相談役向井隆氏
- 北海道 IT 推進協会会長のエコモット社長入澤拓也氏

Ⅳ　企業家

- 炭の家を熱く語った札幌商工会議所特別顧問青木雅典氏
- 小樽で不凍給水栓の社業を発展させた光合金製作所会長井上一郎氏
- たたき上げ感覚で会社経営をしてきた央幸設備工業会長尾北紀靖氏
- 自著の出版依頼を目論んで実現しなかった中西出版の林下英二社長
- ビアケラーでビール文化を熱く語るサッポロビール北海道本社代表高島英也氏
- 「愚象庵」の額を掲げる大邸宅に住むスポーツ好き当主遠藤隆三氏
- 札幌の歴史と都市計画に造詣の深いノーザンクロス社代表山重明氏
- クラウドファンディングの解説を行う ACTNOW 社代表の穴田ゆかさん
- 自社開発の技術を熱を込めて語るアイワードの奥山敏康社長
- 温熱療法の仕事から社長時代の仕事に戻った和島英雄氏

Ⅴ　経済人

- 著者の手作りマイコンで社員教育を進めたアイワードの木野口功社長
- シマフクロウ保護活動を社会貢献に選んだ北洋銀行会長横内龍三氏
- 学芸員の資格を持つ実業家の中国画廊館長國岡睦史氏
- JR 札幌駅のエカシ像前で本田札大副学長と並んだ鶴雅グループ社長大西雅之氏
- 札幌のキーパーソンが集まる朝の勉強会「無名会」
- 「北海道功労賞特別賞」受賞感謝会で辛うじて撮れた伊藤義郎氏
- 札幌証券取引所小池善明理事長のオフィスで偶然目にした自作カレンダー
- 30 年の長いお付き合いにお別れの杉本拓伊藤組 100 年記念基金理事長
- 勉強会 on line eSRU の講師役のシンクタンク会社社長迫田敏高氏
- 日銀札幌支店長からシンクタンク会社副社長に転身された小高咲氏

Ⅵ　芸術家・作家

- 画家と経営者の二役をこなすイルミナージュ代表取締役金井英明氏
- 画廊の経営とSF作家との二足わらじの荒巻義雄氏
- デジタルモアイ像製作者の彫刻家國松明日香氏
- 石倉のあるユニークな美術館に作品を展示する銅版画家森ヒロコさん
- 北大祭で作品を展示する画家の望月由美子さんと野沢桐子さん
- 写真展「人類の進化と拡散の痕を訪ねて」を開いた名和昌介氏
- 北海道功労賞贈呈式祝賀会で撮影した彫刻家安田侃氏父子
- IT業界から転身した熱気球写真家八戸耀生（あきお）氏
- お互いの同時個展で知り合ったペンキ職人兼画家の小倉宗氏
- 水彩画の楽しさを語る室蘭工大教授退職後画伯に転じた山口忠先生

Ⅶ　知識を伝授する人

- 趣味は仕事という弁護士の馬杉榮一氏
- 「運動」は「薬」に勝ると説く札幌がんセミナー理事長小林博先生
- 日本交通公社から北大の教官に転職の石黒侑介特任准教授の講話
- 年配者を前に「朝エレクト」を語る熊本悦明札幌医大名誉教授
- 死化粧を施し葬送する仕事を解説してくれた田村麻由美さん
- 長いこと爪句集出版に関わってこられた共同文化社の長江ひろみさん
- 北大電気工学科卒業で行政書士になった松岡京子さん
- システム工学を解説する元宇宙開発研究所長の秋葉鐐二郎先生
- 自己紹介スライドにJR駅を出した札幌医科大学塚本泰司理事長兼学長
- トイドローンによる空撮写真に貼り付けた遠藤乾北大教授

Ⅷ　研究者

- ヒマワリ花粉研究に情熱を傾け北竜町に通う伊東裕氏
- 北海道博物館で熱く語る創設者弥永芳子さん
- 札幌花フェスタ出店の店番をする赤岩園芸園主続木忠治氏
- 「北海道シマフクロウの会」設立総会で講演する山本純郎氏
- 札幌市円山動物園の鷹匠でカリスマ飼育員の本田直也氏
- 役人から転身し札幌で先駆けのワイナリーを開いた田村修二氏
- 「サッポロカイギュウ」研究の第一人者吉沢仁氏
- 蜜蜂プロジェクトを推進する市立札幌大通高校島田正敏先生
- 初めて知る「北海道雪崩研究会」の理事松浦孝之氏
- 植松電機の3秒間の無重力装置を見学する研究者の面々

Ⅸ　首長・政治家

- 夕張市長時代の鈴木直道氏と札幌副市長時代の秋元克広氏の珍しいツーショット
- 市長室全体が見られる上田文雄札幌市長の全球パノラマ写真
- モエレ沼公園造成のきっかけを生み出した服部氏と桂信雄元札幌市長
- 見返すと人物の情景が記憶に残る全球パノラマ写真の効用
- IT 業界団体新年交礼会の秋元克広札幌市副市長と吉村匠氏
- サラブレッド観光と乗馬の町の池田拓浦河町長
- 在札幌スペイン国名誉領事館プレートの前に立つ名誉領事の堀達也氏
- 若き日に「日高のケネディ」と呼ばれた新ひだか町長酒井芳秀氏
- 占冠村ふるさと祭りで参加者と談笑する中村博占冠村長
- 顔見知りの秋元克広札幌市長、町田隆敏副市長のパノラマ写真撮影取材

X　マスコミ・ミニコミ関係者

- 道新コラム「朝の食卓」の執筆者達の一期一会の忘年会
- 「札幌人図鑑」を毎日更新しているインタビュアー福津京子さん
- 録画撮りクルーを逆にパノラマ写真に撮る増毛町国稀酒造内
- 現場の経験から 4K 技術を解説する NHK プロデューサーの園部一也氏
- 大新聞の置かれた立場を語る毎日新聞北海道支社次長渡辺雅春氏
- 爪句集やその他紹介記事を書いてくれた北海道新聞社の佐藤元治記者
- 道立近代美術館での「大原美術館展」開会式の関口尚之 HTB 社長
- HBC ラジオ番組で秀逸なインタビュー後記を書く村井裕子さん
- 「ミカ・フェス」の軌跡を語る HBC ラジオパーソナリティ田村美香さん
- インタビュアーはかつて北大で講義した学生だった塚崎英輝記者
- 各種記念会の司会でお世話になったオフィスフリューリングの岸春江さん
- 北大構内の石炭運搬 SL でご縁が出来た道新記者の小野高秀氏

XI　プロジェクト実行中の人

- 股関節症が契機となったサッポロバイクプロジェクト代表太田明子さん
- (主婦+キャリアウーマン) ／2の感じの起業家栗田敬子さん
- 神の子池で写真に納まった孤高の羆撃ちハンター久保俊治氏
- 空知とサルデーニャ島の地形の相似から新企画を考えたダビデ・ウッケッドゥ氏
- 北海道大樹町で宇宙産業を牽引する IST の稲川貴大社長
- 信仰が推進力で子ども食堂の実践者間島幸雄氏
- 特急車両保存に尽力する「北海道鉄道観光資源研究会」の矢野友宏氏
- 札幌にメディア産業を根付かせる努力を続ける久保俊哉氏
- 全国の映画館ファンに支えられる浦河町大黒座の三上雅弘夫妻
- 爪句集出版でも利用した「find・H」の惣田浩部長

XII eシルクロード大学

- 勉強会「e シルクロード大学」に集う面々
- 後年毎日新聞社を退社後道内で新聞人を続ける吉野理佳氏
- 勉強会から始まった空撮パノラマ写真撮影プロジェクト
- 多方面に趣味の領域を広げていく手仕事師の清水瓊子（けいこ）さん
- 難聴者を被験者にして可聴実験を行う里見英樹メディア・マジック社長
- 北海道の活性化を熱く語るマネー・フォワード北海道支社長平野龍一氏
- ベトナムでのビジネスの大変さを披露するイークラフトマン社長新山将督氏
- 「運動と健康について」語る札幌国際大学の後藤ゆり先生
- 3か国語を自由に操る札幌国際大学の陳尭柏先生
- 寄贈爪句集を受け取ったベトナム人グエン・ティ・ツー・チンさん

XIII 道新文化センター講座参加者

- 終活で見入る都市秘境散策の2008年用卓上カレンダー
- 都市秘境歩き講座の参加者と登る三角山
- 「森ヒロコ・スタシス美術館」見学中の道新文化センター講座参加者
- 北大植物園長冨士田教授から園内の説明を聞く道新文化センター講座参加者
- キノルド資料館を見学する道新文化センター講座参加者
- 北海製缶の行幸記念碑前で記念撮影をする都市秘境歩きの見学者
- 彫刻家と作品を解説するワグナー・ナンドール記念財団秋山孝二理事長
- 北海学園大学の建物屋上で記念撮影をする道新文化センター講座参加者
- 北星学園について説明をする同学園理事長大山綱夫氏
- 「劇団ドラマシアターども」の主宰者安念智康氏と奥さんの優子さん

XIV　山の仲間

- 塩谷丸山から小樽天狗山までの三万歩の縦走
- 札幌から出向き霧のアポイ岳に登った4名のパーティ
- 5年前「鐘の銘　安如泰山　一休み」を作句している札幌岳冷水小屋
- 大雪山縦走でお鉢平展望台で登山仲間と一休み
- 雨竜沼湿原行で撮影した管理棟内部と同道の山仲間
- 西別岳の山頂を目指して先を行くランチウェイ同道菅原、福本、境の三氏
- 眺望が広がり羊蹄山も見える秋のニセコアンヌプリ
- 吹雪で遭難の危険を感じたイワオヌプリ山頂
- 白樺山山頂での曲芸撮影に納まった山行き同行者
- 小樽赤岩白龍胎内巡り登山（下山）を体験した面々

XV　趣味の人

- 旭山公園でお月見気功会を開き指導する池田明子先生
- 写真があっても名前が残っていない比布町広報担当Oさん
- カメラ小僧の漫画で筆者を紹介する前UHB社長の新蔵博雅氏
- 展覧会場に作品だけが並び作家は不在だった版画家宝賀寿子さん
- 20周年記念日を迎えたレトロスペース・坂会館館長坂一敬氏
- “オペラ狂”と自己紹介するリストランテ・トレノ経営者比良嘉恵氏
- 北海道新幹線開業初日に合わせて鉄道最長距離移動の記録達成
- 最初で最後の「文学フリマ札幌」出店での売り子役三橋龍一教授
- 圧倒的読書量を誇る元北海道新聞社出版局局長の中山明展氏
- 剪定した木で木彫り作品を作り売っている満花園の小島満氏

XVI　本寄贈と展覧会

- 時計台ギャラリーでの「北海道の駅パノラマ写真展」関係者の記念撮影
- 爪句集寄贈の労を取ってくれた沼田町総務財政課亀谷良宏氏
- 新設「北海道鉄道写真館」を取材した北海道新聞の石橋治佳記者
- 古本とビールの組み合わせを演出する店を経営する石山府子さん
- 寄贈後が気になる定時制札幌大通高校に納まった爪句集と都市秘境本
- 寄贈爪句集を前に北海道立文学館工藤正廣館長と野村六三専務理事
- 準備期間が長かった小樽商科大学への爪句集寄贈
- コロナ禍にいち早く遠隔授業で対応の札幌新陽高校荒井優校長
- 「豆本ワールド」展初日に撮影した北海道立文学館野村六三専務理事
- 庭の土留め壁を利用した最後のパンダ写真展を観る家族

XVII　イベント

- 「e シルクロード」構想の日韓の意見交換会に格上げのソウル忘年会
- バーチャルの歌い手「初音ミク」がリアルに勝り道新文化賞受賞
- テーブルの上の自分の写真を加え家族が並んで写るパノラマ写真
- 祝賀会参加者の全員が写ったパノラマ集合写真
- 北海道マラソン女子優勝者野尻あずささんからのコメント
- パノラマ写真撮影カメラマンになって主催者が写っていない記念写真
- 「空撮パノラマ写真と JR 駅のパノラマ写真展」レセプション参加者
- カレンダーと爪句集出版プロジェクトの記念会に集う支援者達
- 造園中の「千年の森」での記念空撮写真に写る訪問者
- 時間を要する撮影法で完成度が低いパノラマ写真に写る人
- 試作フォーミュラーカーを説明する北科大短大の金子友海准教授
- テレビで観戦する五輪男子マラソンで健闘の大迫傑選手

XVIII 外国人

- 音響ホログラフィ研究で知り合ったWade教授、Lee教授
- 1978年の国慶節招待で一緒の写真に納まった喬石副首相と谷牧国務委員
- 札幌市と大田市の経済交流でのヨム・ホンチュル市長とエマシス金社長
- 6か国語に通じるのに隠遁者然としたパタヤーの金良悦氏
- 小柄の女性ながら精力的な研究・教育者の西南交通大学准教授侯進さん
- アメリカ総領事館内で説明してくれた首席領事J・ゴーグさん
- 日中交流キーパーソンを前に講演する中国駐札幌総領事の滕安軍氏
- 新社屋を前に出迎えてくれる日本に留学した莫・鄒夫妻
- 服部氏追悼カレンダーに名前の見えるBurger氏と天間さん夫妻
- 成都市でパンダ繁育プロジェクトに関わっている楊治敏さん

XIX 海外旅行

- 鬼籍入りの同期生も居る40年前の米国旅行の写真
- 写真で思い出す山本先生と小柴先生との同道瀋陽旅行
- 国際学会の発表会場で北大宮永教授の質問に答える北大片桐博士
- 大停電に遭遇したカナダ旅行で再会した金商雲先生ご夫妻
- タイ・チェンマイの国際学会に参加した研究室の莫君と柴さん
- 故服部裕之君の顔が見えるパンダ見学ツアーの九寨溝での記念撮影
- ホーチミン市でオフショアビジネス視察会参加の面々
- 海外旅行ガイドの能力を発揮するメディア・マジック里見英樹社長
- カンボジア旅行でアンコール・ワットですれ違った人々
- 人の数珠がつながった桟道を降りて記念のパノラマ撮影
- デパートで撮影のパノラマ写真に写る莫景猷氏、莫舸舸君、鄒宏菁さん
- ご縁の糸がつながってのサルデーニャ旅行で出会った人達
- ダビデ・ウッケッドゥ氏引率で見学するサルデーニャ島ヌラーゲ遺跡
- 20年経っても集まる口実になる先端産業集積地調査米国旅行

XX　鬼籍の人

- 80 歳から 1 年 1 研究成果出版を続けた元北大教授竹村伸一先生
- 来札し講演を行った MIT メディア・ラボ S. ベントン教授
- 音響映像法・計測で著者と接点のある山本克之先生と馮功啓先生
- 逝去後も花図鑑でお世話になっている辻井達一先生
- 「いつまでも　居ると思うな　森ヒロコ」のハガキが届いた森ヒロコさん
- アイデアで再起する前に逝った元「久住書房」社長の久住邦晴氏
- 楡影寮記念碑建立の際に揮毫を頼んだ思い出のある中村睦男北大総長
- 逝去記事を見て勲章を思い浮かべた北海学園大学理事長森本正夫氏
- オペラ興行師だった「森ヒロコ・スタシス美術館」館長長谷川洋行氏
- 3 年目の命日朝の空撮写真に貼る故服部裕之君の生前写真

パノラマの　画像の入れ子　試すかな

「爪句@あの日あの人」の再校を受け取る。目次のページに余白が生じたので今朝の日の出を庭で空撮し、旭岳山頂で撮影したパノラマ写真と爪句集第 49 集の表紙を貼り付ける。QR コードで日の出景を表示しその画像中の QR コードで山頂景を見る。

瀋陽工業大学信息学院の座談会に並ぶ旧知の鄭先生、曽先生

(2009・9・18、空撮 2021・7・12)

時流れ　旧知少なく　座談会

瀋陽工業大学新キャンパスの開学記念に招待された時、同大学信息学院の座談会があった。座談会後の記念写真には旧知の鄭重先生や曽碚凱先生の顔が並ぶ。学院長の苑先生は多分初対面で他の参加者も初めての顔である。時が流れたのを実感する。

旧瀋陽機電学院の学生だった高知工科大学王碩玉教授とツーショット

(2009・9・19、空撮 2021・7・11)

若き日の　写真の展示　懐かしき

瀋陽工業大学新キャンパスの開学記念で、これまで同大学に貢献した海外の関係者が招待された。同大学出身で北大で博士号を取得し高知工科大学の教授になった王碩玉先生とツーショット。奥さんの宋北冬さんは著者の研究室の博士課程を修了した。

アイヌ文化を分かりやすく説明してくれた本田優子先生

(2013・11・21)

こんにちは　イランカラプテ　声に出し

　月一の勉強会 eSRU の講師は札幌大学の本田優子副学長である。先生はアイヌ語とアイヌ文化の研究者である。一般に思い込まれているアイヌ民族に関する誤解を明快に解説していただく。活動が注目されてきたウレシパ・プロジェクトの紹介がある。

タイ王国の蘊蓄を披露する北大情報科学研究科教授山本強先生

(2014・1・5)

タイ通や　スライド文字に　タイ検定

北大情報科学研究科教授の山本強先生に勉強会の講師をお願いしたところ「タイ王国と私―微笑みの国との30年」のテーマの講義となる。タイ王室史や現状に加え、タイ大好きの山本先生の同国滞在中の経験を交えての興味ある話が披露された。

北大交流プラザ「エルムの森」での飯田浩二先生

マイコン研
ご縁つながる
研究者

(2014・2・18)

筆者の研究分野で「Acoustical Holography」と銘打った1967年に創設された国際学会があり、その第1回目に筆者は論文を提出した。この学会にマイコン研からのつながりのある北大教授の飯田浩二先生と共著の論文発表の学会参加がある。

北海道地域ネットワーク協議会旗振り役の札医大教授辰巳治之先生

解剖学　二足草鞋で　ネットワーク

NPO 北海道地域ネットワーク協議会(NORTH)が創立 20 周年を迎えるに際し記念のシンポジウムが北大学術交流会館で開かれた。同会会長の札幌医大解剖学教授辰巳治之先生(中央)と室蘭工大名誉教授の久保洋先生(左端)に一緒に並んでもらい撮影。

研究と予算獲得で忙殺される北大情報基盤センター長高井昌彰教授

(2014・3・5)

デジタルの　世界でアナログ　オタク趣味人（びと）

以前から高井先生とは顔見知りであったけれど、インタビュー記事を書き高井先生の趣味が真空管ラジオの製作であることを知った。それも真空管やコイル、バリコン等は昭和28年頃製造の骨董品を使っているというから、オタクの趣味人である。

札幌時計台の複製時計を北科大のシンボルにした西安信理事長

(2015・6・10)

シンボルの　塔時計鳴り　北科大

　数えれば８回目になる都市秘境散策講座の今回の訪問先は北海道科学大学である。同大学の西安信理事長の尽力によって大学のホールに設置された米国製の塔時計の説明が同理事長からあり、実物の見学となる。西理事長自ら塔時計の操作である。

北大の新旧総長が揃って写る珍しい全球パノラマ写真撮影

(2017・11・2)

何語る　総長同士　祝賀会

京王プラザホテルで行われた平成29年度北海道功労賞贈呈式に招待客で出席。今年の受賞者は元北大総長佐伯浩先生、版画絵本作家手島圭三郎氏、ニトリ会長似鳥昭雄氏である。佐伯先生ご夫妻が元北大総長丹保憲仁先生と話しているのを撮る。

カメラマン根性を鼓舞される人物が並ぶ道功労賞祝賀会

北大の　学の重鎮　揃いたり

平成 29 年度の北海道功労賞祝賀会の一コマ。高橋はるみ知事と左に丹保憲仁元北大総長、左にノーベル賞の鈴木章名誉教授、今年の文化功労賞の喜田宏名誉教授、道功労賞の谷口博名誉教授、山下俊彦北大教授、名和豊春現北大総長と重鎮が並ぶ。

道新朝刊AI特集記事に載る北大長谷山美紀教授の談話

(2018・7・20　空撮2021・9・1)

AI無く　私的ビックデータ　己(おの)が処理

朝刊(道新)にAIの特集記事が載っている。「サッポロバレー」の言葉も目に付く。北大の長谷山美紀教授のインタビューはQRコードを読み込むとスマホで読む事が出来、読んでみる。流行りのデータサイエンティストの人材教育が必要との話。

北海道功労賞受賞者に名前を連ねる北大名誉教授伊藤献一先生

道功労賞　沢田氏ら5人

(写真 2020・1・24　新聞記事と空撮 2021・9・16)

宇宙基地　開発機運で　受賞かな

道新朝刊に2021年の北海道功労賞受賞者の記事が載る。北大名誉教授の伊藤献一先生の顔写真もある。昨年1月のスペースポート研究会で撮影した先生の写真を探し出す。背中を向けているのは北大の永田晴紀教授、司会は戸谷剛北大教授である。

レーザー(激光)でロケット点火を考え出した北科大の研究者

(2020・2・13)

激光で　ロケット点火　成果大

月1回の勉強会の講師は2人で、北科大宇宙開発研究同好会の学生芳賀和輝君と同顧問の三橋龍一教授。同会の研究活動が披露される。この後芳賀君は米シリコンバレーへ見学旅行、三橋教授はフランスに旅行の予定で、忙しいスケジュールである。

言語処理でAIの研究を行っている北大情報科学院荒木健治教授

(2021・2・17)

技術者の　卵は読むか　爪句集

北大情報科学院図書室に同学院の荒木健治教授の仲介で爪句集を寄贈した。その爪句集が特別展示されていると案内を受け取って、写真撮影に出向く。荒木教授に爪句集の横に立ってもらいパノラマ写真を撮る。撮影後荒木先生と四方山話となる。

カナダ・ルイーズ湖畔に立つ北大電子1期の同期生高谷邦夫教授と齋藤清教授

(1993・8・6、空撮 2021・8・7)

写真には　過去が留(とど)まり　不思議なり

北大工学部電子の１期生の高谷邦夫君がカナダ・サスカッツーンにあるサスカッチワン大学の教授だった1993年の夏、同じく１期生の旭川高専の齋藤清教授と１期生が揃って自動車旅行をした事がある。ルイーズ湖畔での記念撮影を見ると皆若かった。

深圳市でのeシルクロード展示会で記念撮影した李長春広東省書記

（左から福迫、李、著者、佐藤各氏 2002・10・11、空撮 2021・6・13）

思い出の　eシルクロード　天に顔

2001年に札幌市で始まったeシルクロードの宣伝を深圳市の国際高新技術成果交易会の会場で行った。会のレセプションで李長春広東省書記を見つけて記念写真の撮影となる。福迫尚一郎札幌市副市長、同期の佐藤征紀NTTドコモ北海道社長の顔がある。

先生の祝い事を口実に集まる北大青木研究室の面々

(2013・10・18)

祝う会　話題収斂　学生時

学生であった一時期、同じ研究室で研究を行い、論文を書いて社会に出ていった面々が十数年、数十年を経て再会である。先生、研究者、企業家、技術者と立場は変わっても話題が学生時代に集中し、昔とあまり変わっていないような感じである。

手持ちカメラ撮影で撮影者が写らない全球パノラマ写真

(2014・9・27)

記念撮　シャッター押し役　主役なり

北大電子１期生の同期会で朝里川温泉からバスで北大に向かう。出発に際し宿泊ホテル前で記念撮影。ホテルの係りの女性にカメラのシャッターを押してもらう。パノラマ写真の撮影は頼めないので著者が撮ると、ホテルの女性が主役で写り込む。

同期生の経験を綴った文集の発行に未練を残す弔慰金の処理

(2014・12・10)

弔慰金　寄付金となり　半世紀

電子工学科１期生の親睦会が同学科創立50周年を期に解散ということで、集めてあった弔慰金を北大フロンティア基金に寄贈した。寄贈者の氏名の掲示板を北大総合博物館で撮影する。残金で文集発行を提案したが、異議があり立ち消えとなる。

卒業後は日本人学生より交流の多い中国人学生

(2015・2・10)

研究や
何伝えてか
手話通信

雪まつり見物に家族と札幌を訪れた徐軍君のパノラマ写真を撮って、「パノラマ風土記－人物編」の原稿を書こうと留学当時の資料を調べる。徐君が博士課程在学中、手話通信の研究で国際電信電話(KDD)の研究助成金を受けた新聞記事を見つける。

技術的な話が止まらない高級技術者を自負する同門者

(左から中本、山本、国本各氏 2015・12・10)

オーディオに　話花咲く　同門者

中本伸一君からのメールで、ヤマハ（株）研究開発統括部戦略担当首席技師国本利文君の講演会が北海道総合研究プラザで開かれる事を知る。国本君は研究室出身なので講演を聞き、懇親会に出席する。講演会の橋渡しの山本強先生も同席する。

成都国際空港でのサプライズ再会の蘭州交通大学の邱沢陽先生

(右から三橋、邱、侯各先生 2018・10・19)

繋がりは　研究室の　仲間なり

昼過ぎ新千歳空港を発ち成田国際空港経由で成都に到着。成都空港に西南交通大学准教授の侯進先生が出迎えてくれる。侯先生と同行の北科大三橋先生は同じ研究室で後輩と先輩となる。研究室に留学した蘭州交通大学の邱沢陽先生はサプライズ。

爪句集を手に研究室出身者の集まりでの劉さん、侯先生、張先生

（2020・1・17、1994・10　空撮 2021・9・1）

爪句集　手に北大を　回顧かな

西南交通大学の侯進先生が双子の息子達と東京訪問時に同じ研究室出身の劉真さん、神奈川大の張善俊教授らが集まる。会合に合わせて送った爪句集を手にして全員写真に納まる。劉さんは西安電子科技大学から北大に留学で、同じく吉鴻賓氏もいた。

オンライン同期会に並ぶ北大電子1期生の顔

（同期会 2021・8・18、空撮 2021・8・19）

履歴書を　顔に刻んで　同期かな

北大電子１期生のオンライン同期会に参加した面々の顔が並んだキャプチャー写真が送られてきた。遅れて身体的な理由で同期会に参加できなかったカナダ在住の高谷邦夫君の近況写真が届き、これらの画像を今朝の散歩時の空撮写真に貼り込む。

マーメードの壁画のある自社ビルを建てたシステム・ケイの鳴海鼓大社長

(2013・12・17)

K点を　幾度超えたか　新事業

システム・ケイの本社ビルの壁にマーメードや海中の生き物の壁画があり人目を惹く。これは社長の鳴海氏が富山商船高専卒であることによっている。社名のシステム・ケイはスキージャンプのK点を意味し、新分野でのK点越えを目指している。

札幌卸売市場を見下ろして写る森正人サンクレエ社長

(2014・1・20　空撮 2021・9・24)

社名には　仏語のありて　サンクレエ

ソフトウエアの㈱「サンクレエ」は札幌中央卸売市場を見下ろすビルにある。社長の森正人氏のパノラマ写真を撮ると窓外に同市場が写る。社名にある「クレエ」はフランス語の創造（クリエイト）を意味するとの説明。道 IT 推進協会長も務めた。

親子3代で北大に縁のあるノーステクノロジー社長呉敦氏

(2014・1・27)

北大に 3代の縁 稀なれや

ノーステクノロジー社の呉敦社長は吉林省長春市の出身で、吉林大学卒業後、北大電気工学科大学院に進学、博士号を取得した。呉氏の父親が北大の医学部を卒業していて、娘の里実さんが北大医学部に在籍、親子３代にわたり北大に関係する。

企業寿命30年説を覆すデジック社長中村真規氏

(2014・2・24)

改名や　人も企業も　リフレッシュ

北海道のIT企業紹介本を1984年に刊行し、その後30年経ち本に収録し残った企業はわずかである。中村氏の会社は「中村力」の頭文字を取り「NC情報処理（株）」で、2001年に氏は「真規（まさき）」と改名し、会社の名前も「デジック」に変えた。

ITの街中工場にエンジニアの理想郷を求める中本伸一氏

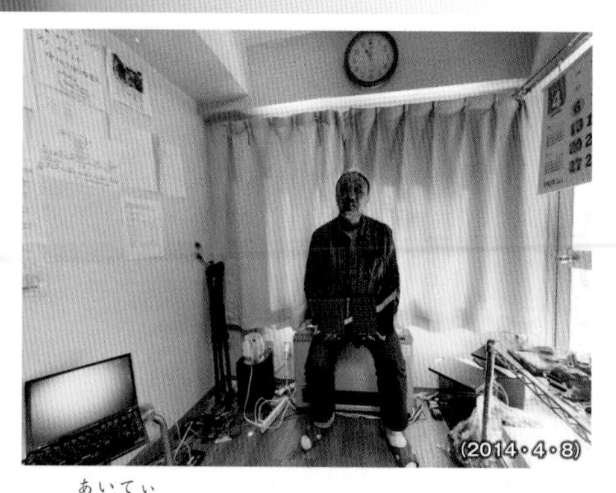

(2014・4・8)

I T(あいてぃ)の　街工場は　秘境なり

　街中のマンションの一室を工場のようにしてIT製品を作っている(有)サイレントシステムがある。中本伸一氏と岡田節男氏のエンジニア二人だけが働いている。中本氏は今は無きゲーム制作会社「ハドソン」の副社長だった経歴を持っている。

新聞記事に札幌ビズカフェ初代代表で紹介される村田利文氏

(2014・7・2)

懐かしき
顔に言葉の
ビズカフェ

道新朝刊に「札幌ビズカフェ 15 年目の挑戦－先駆者たちのその後」のタイトルの記事が出ている。ビズカフェ初代代表の村田利文氏の写真入りの記事である。ガラスのピラミッドで撮った村田氏のパノラマ写真を探し出して新聞と重ねて写真を撮る。

世界的なボーカル初音ミクを札幌で誕生させた伊藤博之社長

(2015・7・16　空撮 2021・9・19)

衝撃は　仮想アイドル　初音ミク

ホテルでの朝食会でクリプトン・フューチャー・メディアの伊藤博之社長の講演を聞く。クールジャパンに関連し韓国、中国、欧米のメディアとの向き合い方と、今や日本を代表する仮想アイドルの初音ミクのライブ公演の実績の紹介があった。

起業の原点が札幌にあるソフトブレーン創業者宋文洲氏

(2015・4・17)

起業家は　評論家デビュー　講演会

宋氏は中国瀋陽市の大学を卒業後、北大の資源開発の大学院に進学。博士論文研究で開発した手法をパッケージソフト化して「ソフトブレーン」を札幌で起業する。2000年には東証マザーズに上場し、「やっぱり変だよ日本の営業」を著している。

エヴァンゲリオンと携帯・スマホを結び付け商品化した里見英樹社長

(2017・4・20)

ゲームから　バスロケシステム　多彩なり

夜、勉強会でメディア・マジック社の里見英樹社長と堀川敦史本部長から同社が開発を進めているバスロケーションシステム「バスキタ」の紹介。駒岡にある里見氏所有のアマチュア無線アンテナ基地のドローン練習地としての可能性の話がある。

「神は細部に宿る」を社名にした インディテールの坪井大輔社長

(2018・1・18)

インディテール　神は細部に　社名かな

勉強会でインディテールの坪井大輔社長に同社の技術開発の核になるブロックチェーン技術について講義をしてもらう。坪井氏は北海道科学大学卒業で現在は150名を超す社員のベンチャー企業を興している。2017年からは母校の客員教授も勤めている。

「おバカじゃないの、ニッポン」を出版したエイブルソフト森成市社長

数えれば 35年 流れたり

　森成市氏の出版記念会でパノラマ写真を撮影する。シリーズで自費出版した第3巻目の「続々マイコンと私」に若かりし頃の森氏の写真が載っている。1983年の2月に千歳の日航ホテルで講演した時のもので、講演依頼者の森氏が司会役を務めた。

ヨットの趣味があるビー・ユー・ジーDMG森精機の川島昭彦社長

（右から川島氏、阿部氏、寺町さん 2019・9・2）

パノラマの　話弾んで　デモ撮影

2020年の空撮パノラマカレンダーの名入れの依頼でビー・ユー・ジーDMG森精機の川島昭彦社長を訪ねる。社員の阿部恭徳氏（髭の人）や寺町さんも同席。話が弾んで社長室でパノラマ写真のデモ撮影。狭い室内での撮影では貼り合わせが難しい。

マイコン制御ベクタースコープ前の北海道電気技術サービス相談役向井隆氏

(右向井隆氏、左向井潔社長 2021・7・13)

マイコンの　幕開け語る　装置かな

江別市にある北海道電気技術サービスに向井隆氏を訪ねる。現在は相談役であるけれど社長時代にマイコン制御で三相交流のベクトル図を可視化する装置を開発していて、それが展示されている。40年も昔の製品開発で、マイコンの黎明期だった。

北海道IT推進協会会長のエコモット社長入澤拓也氏

（2021・8・20、空撮 2021・8・22）

物が消え　デジタル変換　新世界

新形式の勉強会 on line eSRU の3回目の講師はエコモット代表取締役入澤拓也氏で、講義のテーマは「デジタルトランスフォーメーションと未来の世界」。分かり易く IoT や AI が創り出すこれからの社会やビジネスの示唆に富む話を無料で聴けた。

炭の家を熱く語った札幌商工会議所特別顧問青木雅典氏

(2013・12・9)

住む家や　炭を埋め込み　炭家(すみか)かな

青木氏の本社を訪ねた時「炭の家」という家造りについて説明していただいた。炭の持つ空気洗浄効果を生かして、屋根裏、床下、壁の内側に1トンもの炭を埋め込むそうだ。経済評論家の三橋貴明氏の講演会でお会いした時に写真を撮っている。

小樽で不凍給水栓の社業を発展させた光合金製作所会長井上一郎氏

(2014・2・6)

北国に　光明あれと　社名かな

光合金製作所会長の井上氏は1934年生まれで、この2月には80歳になられる。小樽港町の波止場に隣接する同社本社を取材で訪れた時も相変わらずお元気であった。1985年北海道拓殖銀行が主催した「米国先端産業集積地調査団」でご一緒した。

たたき上げ感覚で会社経営をしてきた央幸設備工業会長尾北紀靖氏

(2014・2・28)

設備業　霊芝効用　広めたり

尾北氏は建設設備会社を経営し霊芝（キノコの一種）栽培に乗りだし「㈱北海道霊芝」を立ち上げた。勉強会で同氏や霊芝栽培担当者宮崎稔氏に霊芝商品「旺煌」の話を伺った。尾北氏は山歩き、釣り、専門誌の読書、音楽等々と多趣味である。

自著の出版依頼を目論んで実現しなかった中西出版の林下英二社長

(2014・4・7)

パソコンも　スマホも駆使す　社長業

「パノラマ風土記—人物編」の取材で中西出版を訪ねる。中西出版と中西印刷の両方の社長を務める林下英二氏のパノラマ写真を撮り、インタビューに入る。電子書籍の話なども出て、当方もパノラマ写真の書籍刷り込み法の持論を述べる。

ビアケラーでビール文化を熱く語るサッポロビール北海道本社代表高島英也氏

(2014・4・25)

地下室で　ビール文化の　談義かな

サッポロビール北海道本社代表の高島英也氏のパノラマ写真撮影とインタビューのためビアケラー札幌開拓使に出向く。パノラマ写真撮影後に同氏からビールに関する話を聞く。北海道では同社のシェアの首位は他社に譲れないと力説されていた。

「愚象庵」の額を掲げる大邸宅に住むスポーツ好き当主遠藤隆三氏

(2014・7・1)

愚象庵　スポーツ好きの　当主かな

　ススキノの中心に「愚象庵」の表札の大邸宅がある。その家の現当主が遠藤興産社長の遠藤隆三氏で、同氏は1976年にこの家で生まれ、北海学園大学法学部を卒業した。大のスポーツ好きで、大学時代にはラグビーとスキー、現在はサーフィンである。

札幌の歴史と都市計画に造詣の深いノーザンクロス社代表 山重明氏

(2015・5・26)

魅力造語（ご）の ノーザンクロス（北十字星） 会社名

山重氏は28歳の時現在のシンクタンクの会社「ノーザンクロス」を設立した。会社名はサザンクロス(南十字星)に対応した造語で、人や情報の交差点を意識したネーミングである。札幌市からの依頼を受け、札幌の街づくりの助言を行ってきている。

クラウドファンディングの解説を行うACTNOW社代表の穴田ゆかさん

(2018・5・17)

クラウドは　雲ならぬ人　資金源

勉強会はACTNOW社代表の穴田ゆかさんが講師で、同社のクラウドファンディング・ビジネスの紹介である。クラウドはてっきり流行り言葉の「雲」(cloud) かと思っていたらこれは「群衆」(crowd) であると教えられた。成功への1/3ルールも知る。

自社開発の技術を熱を込めて語るアイワードの奥山敏康社長

(2019・10・24)

デヴィ夫人　復元されて　綺麗なり

月1回のｅシルクロード大学の勉強会。アイワードの奥山敏康社長が同社の褪色カラー写真の復元技術開発について解説する。この技術フジテレビで全国放送されていて、技術開発に至るエピソードの紹介がある。普通には聞けない話で面白かった。

温熱療法の仕事から社長時代の仕事に戻った和島英雄氏

(2019・11・21)

「共育」を　聞き手老青　伝えたり

　勉強会ｅシルクロード大学でハイデックス・和島の和島英雄会長に講師を務めてもらう。テーマは「電気工事事業にｅラーニングで『共育』を」で、昨今の人材不足の対処策模索の話となる。会場には学生達も居て、若者の視点のコメントが出る。

著者の手作りマイコンで社員教育を進めたアイワードの木野口功社長

(2013・6・17)

マイコンの　講義生きたか　印刷業

アイワードが社名を変える前の共同印刷時代に木野口社長に依頼され、同社の社員相手に著者の手作りマイコンを持ち込み講義した。社長を続けて来られた木野口氏は、この講義が同社のコンピュータ化のきっかけになったといつも話しておられた。

シマフクロウ保護活動を社会貢献に選んだ北洋銀行会長横内龍三氏

（パノラマ写真 2013・7・24、新聞写真 2013・10・26）

フクロウの　首もお金も　回り吉

道新「ひと 2013」に北洋銀行会長の横内龍三氏が取り上げられている。「北海道シマフクロウの会」設立の話題である。著者の道功労賞の贈呈式で祝辞を戴いており、そのお礼に伺った翌日の新聞である。写真展での横内氏のパノラマ写真を見る。

学芸員の資格を持つ実業家の中国画廊館長國岡睦史氏

(2013・12・22)

日中を　絵画でつなぐ　画廊かな

大通西21丁目に3階建ての建物があり、中国総領事館の札幌開設時に、建物のオーナー國岡茂夫氏が申し出て中国総領事館がここに間借りした。総領事館が建物を建て移転した後に「中国画廊」が開設され茂夫氏の息子の睦史氏が館長となった。

JR札幌駅のエカシ像前で本田札大副学長と並んだ鶴雅グループ社長大西雅之氏

(2014・2・2)

エカシ像　アイヌ文化を　識（し）る二人

札幌大学本田優子副学長が進めてきたアイヌの長老・エカシ全身の木彫像をJR札幌駅西コンコースに設置するお披露目のセレモニーがあった。鶴雅グループ社長大西雅之氏は来賓の一人として出席され、北海道観光振興機構副理事長として挨拶された。

札幌のキーパーソンが集まる朝の勉強会「無名会」

(2014・3・20)

会のロゴ　暦に残し　苦心作

　旧北海道拓殖銀行（拓銀）元専務の石黒直文氏が代表世話人の「無名会」と称する朝食会がある。月1回グランドホテルに集まり朝食後講師の話を聞く。会員は30名ほどで、この日は北海道功労賞受賞者の筆者が講師役を務めパノラマ写真を撮る。

「北海道功労賞特別賞」受賞感謝会で辛うじて撮れた伊藤義郎氏

功労は　スポーツもあり　スキー談

パーティーの主役の伊藤義郎氏のパノラマ写真を氏が家族のテーブルに来たところで撮る。座っておられるのが奥様で、伊藤氏は村田正敏北海道新聞社会長と冒険家三浦雄一郎氏と歓談している。三浦氏が加われば話題は当然スキーに関してだろう。

札幌証券取引所小池善明理事長のオフィスで偶然目にした自作カレンダー

(2017・1・30)

壁にある　鉄道暦（こよみ）　見つけたり

道新文化センターの都市秘境見て歩き講座の訪問先調べで札幌証券取引所を訪ねる。顔見知りの小池善明理事長のパノラマ写真を理事長室で撮る。パノラマ写真を合成し壁の自作鉄道カレンダーに気付く。同氏はJR北海道常務の経歴の持ち主である。

30年の長いお付き合いにお別れの杉本拓伊藤組100年記念基金理事長

(2021・5・18)

マスクして 30年(みそとせ)ご縁 撮り収め

都心部のホテルで伊藤組100年記念基金の理事会・評議員会があり出席する。基金設立当初から30年近く理事長であった杉本拓氏が理事長を退任され伊藤義郎氏にバトンタッチである。会終了時にお二方に並んでもらい記念のパノラマ写真を撮る。

勉強会on line eSRUの講師役のシンクタンク会社社長迫田敏高氏

（空撮と勉強会 2020・10・15）

金融や　解説聞いて　摩訶不思議

迫田氏は日銀から北洋銀行の常務になり、北海道二十一世紀総合研究所の社長に転出した。月1回のオンライン勉強会の講師を引き受けてもらい「金融の話—今、世界で起きていること、それが意味するものとは」のテーマで解説していただいた。

日銀札幌支店長からシンクタンク会社副社長に転身された小高咲氏

(2021・8・19、空撮 2021・8・20)

コロナ禍や　オンラインで聴く　識者談

オンラインの勉強会で北海道二十一世紀総合研究所副社長の小高咲（しょう）氏に講師をお願いする。同氏は札幌北高、東大、日銀入行で最初の女性の日銀札幌支店長となる。昨年現在のシンクタンクに転身され、道内経済に関する専門家である。

画家と経営者の二役をこなすイルミナージュ代表取締役金井英明氏

(2013・6・17)

童謡が　湧き出す絵画　並びたり

金井氏は画家として描いた絵を展示・販売するイルミナージュという会社を経営している。そのオフィス内には金井氏のアクリル画やカードが並んでいる。なかには金井氏の原画による郵政省発行の有珠山噴火災害寄付金付き切手も展示されている。

画廊の経営とSF作家との二足わらじの荒巻義雄氏

(2013・7・23)

画廊主　二足わらじで　作家なり

2013年7月22日～27日、時計台ギャラリーで「北海道の駅パノラマ写真展」のグループ展を開催した。その写真展に顔を出した画廊主荒巻氏のパノラマ写真を撮った。荒巻氏は「艦隊シリーズ」等のSF作家として知られ、同画廊のオーナーでもある。

デジタルモアイ像製作者の彫刻家國松明日香氏

(2013・11・17)

モアイ像　歴史語るか　サッポロバレー

札幌情報産業の黎明期にキーパーソンの一人だった三浦幸一氏が2000年に57歳の若さで逝去された。これが契機で2000年に「三浦・青木賞」が設けられた。副賞として彫刻家國松明日香氏にブロンズ像の制作を依頼し、デジタルモアイ像が生まれた。

石倉のあるユニークな美術館に作品を展示する銅版画家森ヒロコさん

(2014・3・29)

懸案は　いかに残すか　美術館

小樽市緑１丁目に「森ヒロコ・スタシス美術館」がある。銅版画家の森ヒロコさんとポーランドの芸術家スタシス・エイドリゲヴィチウスの作品が展示されている。館長は夫君の長谷川洋行氏である。美術館に隣接の仕事場で森さんの写真を撮る。

北大祭で作品を展示する画家の望月由美子さんと野沢桐子さん

(右：望月さん、左：野沢さん　2014・6・7)

学祭に　研究萌えの　展示かな

北大祭で、情報科学研究科棟で開催のMOE研究会の研究展示を見る。それぞれ面白い。望月由美子さんの「謎(エニグマ)の女－モナリザをめぐって」と野沢桐子さんの「絵画におけるリアリズム」の説明を聞いてご両人のパノラマ写真を撮る。

写真展「人類の進化と拡散の痕を訪ねて」を開いた名和昌介氏

(2015・2・3)

転身や　記者から写真家　世界旅

写真家名和昌介氏は北海道新聞社の記者で、同社を早期退職後人類の進化と拡散（グレート・ジャーニー）の痕を訪ねる海外旅行の生活に入る。これまで20数か国を訪ねて写真を撮っている。記者時代コラム「魚眼図」の担当でお世話になった。

北海道功労賞贈呈式祝賀会で撮影した彫刻家安田侃(かん)氏父子

(2015・10・14)

彫刻家　親子で並び　祝賀会

平成27年北海道功労賞贈呈式に出席する。3名の受賞者のうち元北大総長の中村睦男先生とは面識がある。彫刻家安田侃氏は直にお会いするのは初めてで、息子の琢氏、道議会副議長三井あき子氏と一緒にパノラマ写真に納まっていただいた。

IT業界から転身した熱気球写真家八戸耀生(あきお)氏

(2015・3・9)

熱気球　実物展示　写真展

熱気球写真家八戸耀生氏がイコロ・アートギャラリーで写真展を行っているのを機会に、同氏のパノラマ写真撮影とインタビューに出向く。同氏は札幌のIT業界で活躍していた頃は「朗夫(あきお)」で同じ発音で漢字名を変えて写真家になっている。

お互いの同時個展で知り合ったペンキ職人兼画家の小倉宗氏

(2015・11・14)

絵画展　ご縁が出来て　二昔

時計台ギャラリーでの小倉宗氏の個展の最終日で、小倉氏は会場に詰めているだろうと行ってみる。小倉氏は居られ、20年以上前にこのギャラリーでお互い展覧会をした頃の思い出話となる。展覧会の正確な年1993年を小倉氏が覚えていて驚く。

水彩画の楽しさを語る室蘭工大教授退職後画伯に転じた山口忠先生

(2017・5・10)

自画絵見せ　描(えが)く楽しさ　語るかな

道新文化センターの講座で「さっぽろ天神山アートスタジオ」を訪ねる。街並みを水彩で描いてブログに投稿している山口忠画伯に来ていただき参加者に水彩スケッチの話をしてもらう。同画伯とはかつて北大工学部で一緒に勤務した事がある。

趣味は仕事という弁護士の馬杉榮一氏

(2014・4・22)

弁護士は　常に勉強　訳を知る

大通公園に面したビルの馬杉榮一法律事務所で馬杉氏の話を聞く。司法の世界は根幹のところで専門性というものが影を潜める。法律によるチェックの前段階はあっても、灰色のものに対する白黒の最終的判断では素人の立場でとの話が記憶に残る。

「運動」は「薬」に勝ると説く札幌がんセミナー理事長小林博先生

矍鑠(かくしゃく)と　老いの健康　語るかな

北大名誉教授の小林博先生は「札幌がんセミナー」の理事長で「がん」に関する啓もう活動に専心されている。道新文化センターの街歩きの受講者と同セミナーを訪問してお話を聞く。ロコモ・認知症の予防に「運動」が効果があると話されていた。

日本交通公社から北大の教官に転職の石黒侑介特任准教授の講話

ガイドマップ
渡されて聴く
新観光

(2016・6・22)

道新文化センターの講座参加者と北大観光学高等研究センターの石黒侑介特任准教授の話を聞く。北大に観光学に関する研究・教育組織が出来たのは小泉純一郎総理の時に観光立国を目指す政府の方針が打ち出され、これに従ったと説明があった。

年配者を前に「朝エレクト」を語る熊本悦明札幌医大名誉教授

(2016・7・26、空撮 2021・7・4)

朝エレクト　健康血管　バロメータ

朝食会で熊本悦明札幌医大名誉教授の男性ホルモンに関する講話を聴く。「さあ立ち上がれ男たちよ！」の著書と、講演中の先生を重ねて撮る。人体の最も細い血管はペニスにあって、脳や心臓の血管の状態は朝エレクトで推定できるとのお話。

死化粧を施し葬送する仕事を解説してくれた田村麻由美さん

(2017・5・18)

様々な　感情込めて　講義聴く

昨日のｅシルクロード大学の特別講義のレポートをブログに載せるため、パノラマ写真を合成する。講師の田村麻由美さんと参加者が内田洋行道支社のイベントスペースU-calaにいる様子が全球写真に写っている。全員様々な気持ちで聴いている。

長いこと爪句集出版に関わってこられた共同文化社の長江ひろみさん

(2018・3・15)

交差する　苦労とし甲斐　本作り

eシルクロード大学の例会日。今日の講師は共同文化社の長江ひろみさんで演題は「本を出版するという事」。これまで長江さんが同社において仕事で関わってきた本作りについてのお話である。35集まで出版してきた爪句集の変遷の話もあった。

北大電気工学科卒業で行政書士になった松岡京子さん

(2018・6・21)

契約で　家族に託す　老後かな

北大の電気工学科を卒業し、その後特定行政書士の資格を取得した松岡京子さんが講師で勉強会。話のテーマは家族信託で、老いると自分の事も含め後々トラブルが起こらないように手を打っておく時代と感じる。死亡時の預金のロックも話題になる。

システム工学を解説する元宇宙開発研究所長の秋葉鐐二郎先生

(2018・10・18)

好奇心　他に引け取らず　最年長

秋葉先生は「日本の宇宙開発・ロケット開発の父」と呼ばれる糸川英夫先生の門下生で元宇宙開発研究所長である。秋葉先生によれば糸川先生の専門はシステム工学であり、システム工学とは何ぞやの講義となる。最年長講師は矍鑠とした話ぶりだ。

自己紹介スライドにJR駅を出した札幌医科大学塚本泰司理事長兼学長

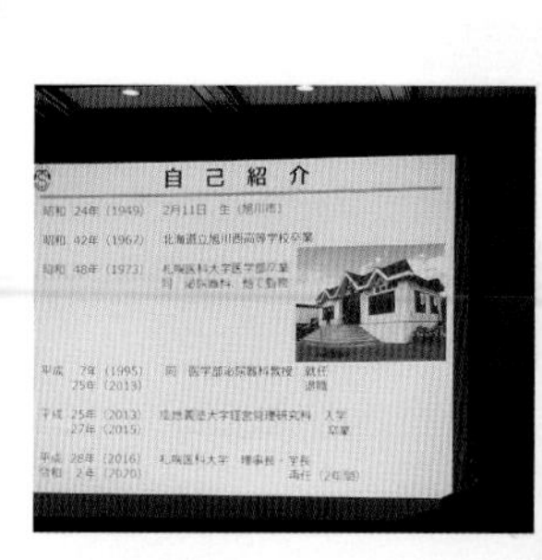

講演や　スライドの駅　西神楽

ホテルでの朝食会に参加。コロナ禍でホテルは宿泊の方は営業していないような感じ。講師は札幌医科大学の塚本泰司理事長兼学長。自己紹介のスライドに出身地にある西神楽駅の写真があり、撮影済みの同駅のデータからパノラマ写真を合成する。

トイドローンによる空撮写真に
貼り付けた遠藤乾北大教授

(2021・7・16)

トイドローン　玩具分類　優れ物

朝食前に西野川沿いを散歩。途中トイドローンを飛ばして空撮。天空に貼る写真に昨日のホテルでの朝食会の講師の遠藤乾北大教授の写真を加える。講演は「ポストコロナ危機の世界秩序」で米中のヘゲモニー対立の話で、よく分からなかった。

ヒマワリ花粉研究に情熱を傾け北竜町に通う伊東裕氏

（右端伊東氏、左端村井ご夫妻 2010・8・3、空撮 2020・8・26）

ヒマワリの　花粉研究　未完なり

以前ブログ記事投稿の度にコメントを書いてくれた伊東裕氏がおられた。同氏はヒマワリの花粉から健康食品成分を抽出する研究を行っていて北竜町のヒマワリ畑に通い花粉を採取していた。その様子の見学で、妻の運転で同町の村一農場を訪問した。

弥永北海道博物館で熱く語る創設者弥永芳子さん

（同博物館内、2013・6・26）

館長の　蒐集熱に　焼かれたり

道新文化センターの講座で、受講生と弥永北海道博物館を訪れた。1985 年に開館し、収蔵品は 9 万点もある博物館を創設した弥永芳子さん。お歳 94 歳とはとても思えず博物館の展示品の数々をよどみなく説明されていた。砂金や砂白金の研究者でもある。

札幌花フェスタ出店の店番をする赤岩園芸園主続木忠治氏

（札幌大通公園花フェスタ会場、2013・6・26）

青いケシ　咲かせた人や　店に立ち

小樽で赤岩園芸を経営してる続木忠治氏は1983年に日本で最初にヒマラヤの青いケシを開花させた。大通公園を会場にした札幌花フェスタで毎年赤岩園芸が出店している。ヒマラヤの青いケシの展示は無く同氏の青いケシの著書が代わりに並んでいる。

「北海道シマフクロウの会」設立総会で講演する山本純郎氏

(2013・9・16、空撮 2021・8・31)

フクロウの　視野の広さを　真似て撮り

　絶滅危惧種Ａランクのシマフクロウを保護するための支援を目的に、北洋銀行会長の横内龍三氏が音頭を取って設立された会の設立総会に出席する。シマフクロウの保護と研究を行っている山本純郎氏の講演を聞く。パノラマ写真撮影は失敗だった。

札幌市円山動物園の鷹匠でカリスマ飼育員の本田直也氏

(札幌市円山動物園「は虫類・両生類館」、2013・12・19)

鷹匠（たかじょう）は　ヨウスコウワニの　育て親

NHK 番組のコメンテータを務めていたことがあり、札幌円山動物園「は虫類・両生類館」を取材した。飼育員の本田直也氏に対応してもらい、ヨウスコウワニの繁殖に国内で初めて成功した話などを聞く。本田氏は鷹匠でもあり園内で鷹を飛ばす。

役人から転身し札幌で先駆けのワイナリーを開いた田村修二氏

(2014・3・30)

峠越え　札幌先駆け　ワイナリー

田村氏は1984年に札幌通産局の商工部長として赴任され、定年後は北大の客員教授に招聘され、札幌に生活の場を移している。盤渓峠にブドウ畑と研究棟を確保し、2001年にワイナリーをオープンした。バスの停留所に峠のワイナリーの名前がある。

「サッポロカイギュウ」研究の第一人者吉沢仁氏

お宝と　クジラ化石を　凝視する

札幌市博物館活動センターのお宝は、小学生だった女の子が豊平川で発見し「サッポロカイギュウ」と名付けられた海牛である。この海牛に関する研究の第一人者の吉沢氏は同センターの学芸員である。絵本「時をながれる川」の作家でもある。

蜜蜂プロジェクトを推進する市立札幌大通高校島田正敏先生

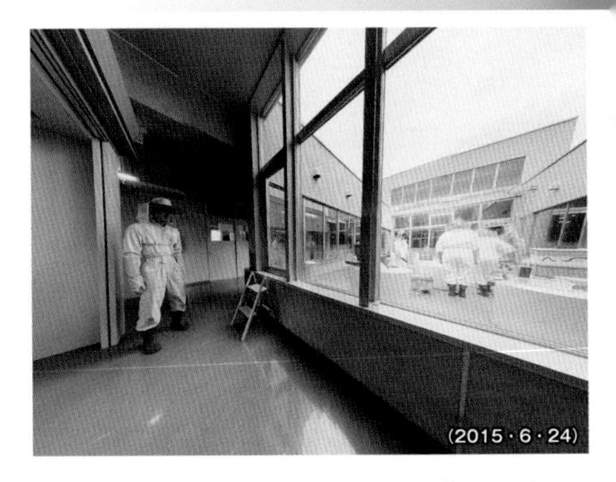

(2015・6・24)

屋上の　養蜂場や　都市秘境

市立札幌大通高校は定時制高校を合併して設立された高校である。同校で養蜂を行っていると耳にし、都市秘境巡りの講座の参加者と見学した。担当教師は島田正敏先生で防護服姿で迎えてくれた。陶芸が本業で先生の作品を鑑賞する事もできた。

初めて知る「北海道雪崩研究会」の理事松浦孝之氏

(2018・4・19)

熱弁で　雪崩啓蒙　普及かな

月１回の勉強会で講師は北海道雪崩研究会理事の松浦孝之氏である。雪崩トランシーバー、雪中の遭難者をピンポイントで探すプローブ、シャベル等の実物を持参した講義で冬山登山者には傾聴に値する。2次会費は参加の中本伸一氏が全額支払う。

植松電機の3秒間の無重力装置を見学する研究者の面々

(2019・8・30)

3秒の　無重力生む　装置なり

植松電機には無重力実験が行える施設がある。高さ50mの塔の上から実験試料を入れたカプセルを自由落下させる。これで3秒間の無重力状態が作れる。その装置を塔の下から見上げパノラマ写真を撮る。周囲の見学者が動き、ずれのある写真となる。

夕張市長時代の鈴木直道氏と札幌副市長時代の秋元克広氏の珍しいツーショット

(2013・7・15)

珍しき　ツーショット写真　見つけたり

外付けディスクを５台もパソコンにつなぎあちらこちらにデータを保管しているうちに、どこに何があるのわからなくなっている。先の選挙で道知事となった鈴木直道氏と再選の秋元克広札幌市長のツーショットのパノラマ写真をやっと探し出す。

市長室全体が見られる上田文雄札幌市長の全球パノラマ写真

(2013・7・31)

市長室　初めて入りて　市長撮る

市長室で上田文雄札幌市長のパノラマ写真を撮る。大多数の札幌市民は市長室に入る機会には巡り合えないはずである。よしんば市長室に入ったとしても、全体と細部を良く見る余裕はないだろう。パノラマ写真ではこれが可能で、何枚か撮る。

モエレ沼公園造成のきっかけを生み出した服部氏と桂信雄元札幌市長

(2013・11・17)

彫刻や　市長起業家　繋（つな）ぐ縁

服部裕之氏所有だったイサム・ノグチ作のオンファロスがモエレ沼公園の中核施設の「ガラスのピラミッド」に寄贈されるとの新聞記事を目にして、寄贈序幕式に出かけてパノラマ写真を撮った。写真には元札幌市長の桂信雄氏の顔が見えている。

見返すと人物の情景が記憶に残る全球パノラマ写真の効用

(2013・10・16)

二次元に　パノラマ加え　記憶増し

昨日北海道功労賞贈呈式の記念写真が送られてくる。贈呈式祝賀会でのパノラマ写真のデータを処理しどうにか見られるものを１枚再構成する。パノラマ写真を回転させながら、知っている方の姿を見つけ贈呈式当日の記憶を呼び起こしている。

IT業界団体新年交礼会の秋元克広札幌市副市長と吉村匠氏

記事の顔　直に見ながら　写真撮り

　京王プラザホテルでの北海道IT推進協会の新年交礼会に出席する。朝刊に札幌市長選に関連して記事が出ていた秋元克広副市長も出席していたので会場でパノラマ写真を撮る。副市長と並んで写っているのは道新関連会社の吉村匠氏である。

サラブレッド観光と乗馬の町の池田拓浦河町長

(2014・3・9)

首長と　イメキャラ並び　町宣伝

浦河町長池田拓氏と町職員の浅野浩嗣氏に庁舎内の応接室のところに立ってもらいパノラマ写真撮影である。壁に浦河町の特産物が描かれたパネルがある。名前を公募した同町のイメージキャラクター「うららん」､「かわたん」も描かれている。

在札幌スペイン国名誉領事館プレートの前に立つ名誉領事の堀達也氏

(2014・5・22)

スペインの　記憶を手繰り　領事撮る

朝食会で堀達也前北海道知事の横の席だったので、会の終了後同氏のパノラマ写真撮影を申し込む。写真撮影の場所は在札幌スペイン国名誉領事館で、堀氏が同名誉領事であることを初めて知る。旅行した思い出のある国の記憶を手繰り寄せる。

若き日に「日高のケネディ」と呼ばれた新ひだか町長酒井芳秀氏

(2014・11・28)

ケネディと　喩え秀逸　首長かな

酒井氏は34歳で政治家を志し、38歳で同議会議員初当選、その後道議会議長に選出されている。日高出身の若き政治家で「日高のケネディ」と呼ばれた。2003年道知事選に出馬するも高橋知事に敗れる。旧静内町の町長選で当選し町役場で話を聞く。

占冠村ふるさと祭りで参加者と
談笑する中村博占冠村長

(2016・8・6)

村長の　シーツ応援　祭りかな

時たま登山で一緒になる斉藤和子さんが占冠村出身で、斉藤さんからクラスメートであった占冠村長中村博氏に爪句が届いた縁で札幌の登山仲間と占冠行きとなる。泊まりがけで占冠村の「ふるさと祭り」に参加し、祭りの会場で中村村長と談笑した。

顔見知りの秋元克広札幌市長、町田隆敏副市長のパノラマ写真撮影取材

(2016・12・21)

副市長　パノラマ写真に　応じたり

町田隆敏札幌市副市長が教育長だった時、市庁舎とは別のビルにある札幌市教育委員会の教育長室でパノラマ写真を撮っている。秋元札幌市長を市長室で撮影後、町田副市長室に顔を出す。副市長は例のパノラマ写真かと副市長室で撮影に応じてくれる。

道新コラム「朝の食卓」の執筆者達の一期一会の忘年会

（2010・12・14、空撮 2020・12・27）

執筆者　一期一会の　忘年会

北海道新聞朝刊に「朝の食卓」というコラムがあり、月1回で2年間ほど書いた。執筆者は1年で半数が交替してゆく。顔を見た事のない執筆者が集まっての忘年会を提案したら15名が集まった。道新の近藤浩記者を除けば一期一会の集まりだった。

「札幌人図鑑」を毎日更新しているインタビュアー福津京子さん

(2012・11・30)

マスコミも　一人に押され　人取材

福津さんは札幌の特色ある人物と対談して、「札幌人図鑑」というインタービュー・コンテンツを1日も休まず YouTube に投稿し、2013 年の 4 月 30 日に 365 回を数える。出演を依頼された時、ドリノキにある同氏のオフィスに伺い写真撮影をした。

録画撮りクルーを逆にパノラマ写真に撮る増毛町国稀酒造内

番組や　録画クルー撮り　酒蔵(くら)の内

STV テレビの「Do！アンビシャス」に出演してその録画撮りに増毛町まで行った。女性ディレクターの成田清美さん、カメラマンの喜井雅章氏、音声担当松本尚也氏が撮影しているところを映される方がパノラマ写真を撮る。場所は国稀酒造内である。

現場の経験から4K技術を解説するNHKプロデューサーの園部一也氏

(2014・2・20、空撮 2021・2・20)

制作人(つくる) 技術革新 語るかな

NHK プラネット・エグゼクティブプロデューサーの園部一也氏からお声がかかり NHK の昼のコーナー番組「さっぽろハコモノ探検」に生出演した思い出がある。園部氏には勉強会で「コンテンツ制作者からみた 4K テレビ」の講義を聴き勉強になった。

大新聞の置かれた立場を語る毎日新聞北海道支社次長渡辺雅春氏

(2014・10・16)

パノラマの　撮り方披露　ビアケラー

「eシルクロード大学」の日で、講師は毎日新聞北海道支社次長の渡辺雅春氏である。新聞人が「新聞は本当に必要か？」のテーマで興味深い話となる。講演後ビアケラーでパノラマ写真の話になり、撮影方法の実演となり渡辺氏と福本氏を撮る。

爪句集やその他紹介記事を書いてくれた北海道新聞社の佐藤元治記者

夕張支線や札沼線
駅の姿 俳句と写真で紹介

(道新記事 2016・9・2、空撮 2020・9・2)

誕生日　記事で紹介　爪句集

本日の北海道新聞空知版に本日出版の「爪句@北海道の駅」の紹介記事が載る。取材と記事を書いてくれたのは夕張支局長の佐藤元治氏で、署名記事である。廃線となる石勝線夕張支線もこの爪句集に載せており、札幌の自宅で取材していただいた。

道立近代美術館での「大原美術館展」開会式の関口尚之HTB社長

開会式 周囲気にして パノラマ撮

顔見知りの北海道テレビ放送(HTB)の関口社長から道立近代美術館で開催の「大原美術展」の招待状が届き開会式に出席する。式の最中にパノラマ写真を撮るのは難しい。前に並んだ左から2人目が同社長である。司会はHTBの北大卒磯田彩実さん。

HBCラジオ番組で秀逸なインタビュー後記を書く村井裕子さん

(2018・7・26、空撮 2018・7・26、夢工房さとう)

インタビュアー　後記で一句　句作かな

HBC ラジオ番組「ほっかいどう元気びと」で取材されたものが放送されたので聴く。インタビュアーの村井裕子さんが毎回インタビュー後記を書いていて、これは読みごたえのある記事である。彼女の一句は「青木流　生き方そのまま『元気びと』」

「ミカ・フェス」の軌跡を語るHBCラジオパーソナリティ田村美香さん

(2018・7・19)

戸惑うか　少なき聴き手　プロ司会者

「ミカ・フェス」はラジオパーソナリティの田村さんが視聴者とface to faceで交流するイベントで、その舞台裏のお話も交えて勉強会「e シルクロード大学」で語っていただく。講義の助手役で HBC ラジオのプロデューサーの榊原満氏も同席する。

インタビュアーはかつて北大で講義した学生だった塚崎英輝記者

(2020・2・25)

卒業生　記者で聞くなり　興味人

北海道新聞のインタビュー記事「興味深人」の聞き役になったのは塚崎英輝記者である。同記者は北大の学生で著者の講義を聴いた事があると話していたけれど、お互いそれがどの講義だったか思い出せない。工学の学生が記者になるのは珍しい。

各種記念会の司会でお世話になったオフィスフリューリングの岸春江さん

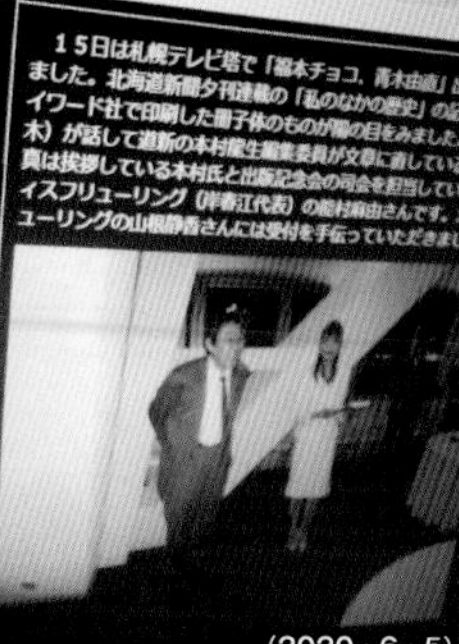

（2020・6・5）

人検索　ブログ使いて　便利なり

以前は本でもカレンダーでも出版したら出版記念会を行っていた。最近は面倒になり、加えてコロナ禍もあり記念会の類は皆無になった。今日の新聞に記念会の司会に関してお世話になった事がある岸春江さんの記事を目にし、ブログで検索する。

北大構内の石炭運搬SLでご縁が出来た道新記者の小野高秀氏

日の出撮り　話花咲き　カメラマン

北海道新聞の記者兼カメラマンの小野高秀氏が、北大恵迪寮の同窓会の機関誌に北大構内を石炭運びのSLが通っていた頃の事を書くというので自著「札幌秘境100選」を渡す。同氏と面談し四方山話をし、同書を持ってもらいパノラマ写真を撮る。

股関節症が契機となったサッポロバイクプロジェクト代表太田明子さん

(2014・7・10)

股関節　病気賜物　ブランド自転（し）車（や）

太田さんは大阪生まれで、伊藤萬に入社し、1993年に北海道に移住した。「太田明子ビジネス工房」を2002年に立ち上げ、女性起業家支援を行っている。股関節症で股関節に負担がかからぬようにと自転車利用がきっかけで自転車製造と販売を行った。

（主婦＋キャリアウーマン）／２の感じの起業家栗田敬子さん

(2014・7・15)

環境の　問題意識　エコ移動

札幌の街角で時折目につくベロタクシーの運行を行っている運営組織のNPO法人「エコ・モビリティサッポロ」の代表が栗田敬子さんである。２年間のケニアでの生活が環境問題に目を開かせ、札幌でエコな乗り物ベロタクシーの起業に結びつけた。

神の子池で写真に納まった孤高の羆撃ちハンター久保俊治氏

羆撃ちや　想像超える　世界かな

北根室ランチウェイの初日に清里町にある神の子池に連れていってもらう。案内してくれたのは「羆撃ち」の著者の久保俊治氏。氏はNHKの番組でも取り上げられている。小樽の高校の同期生福本義隆氏、小樽商大の同窓生境聡雄氏が同道である。

空知とサルデーニャ島の地形の相似から新企画を考えたダビデ・ウッケッドゥ氏

(2016・3・17)

サルデーニャ　空知と似せて　新企画

夕刻から勉強会「e シルクロード大学」。講師は10日ほど前に帰国したイタリア旅行でコンダクター役を務めてもらった三笠市在住のダビデ・ウッケッドゥ氏で、話題は「空デーニャプロジェクト」である。氏の故郷のサルデーニャの紹介がある。

北海道大樹町で宇宙産業を牽引するISTの稲川貴大社長

(2017・6・8)

打ち上げは　2年後になり　MOMO3号

今や道内外で有名になった大樹町のロケット打ち上げベンチャー企業のインターステラテクノロジズ(IST) を見学する。社長の稲川貴大氏が事業について説明してくれる。訪問時から2年後に最初の民間ロケット MOMO3 号機が宇宙空間に到達した。

信仰が推進力で子ども食堂の実践者間島幸雄氏

(2017・6・15)

貧困に　光届くか　ルチア塾

月１回の勉強会に出る。講師はルチア学習塾を主宰している間島幸雄氏である。演題は「ルチア学習塾の取り組み」で子ども食堂の実践に関したお話。「ルチア」の意味を聞いてみるとラテン語で「光」を意味するとの事。親子の貧困に話が及ぶ。

特急車両保存に尽力する「北海道鉄道観光資源研究会」の矢野友宏氏

(2018・2・15)

特急が　新道の駅　顔となる

勉強会で「北海道鉄道観光資源研究会」事務局次長の矢野友宏氏から「(特急車両) キハ 183 追分保存プロジェクト」を聞く。クラウドファンディング (CF) で目標額の 610 万円は既にクリアで新設の道の駅に設置予定。後に自分で CF を行う参考になる。

札幌にメディア産業を根付かせる努力を続ける久保俊哉氏

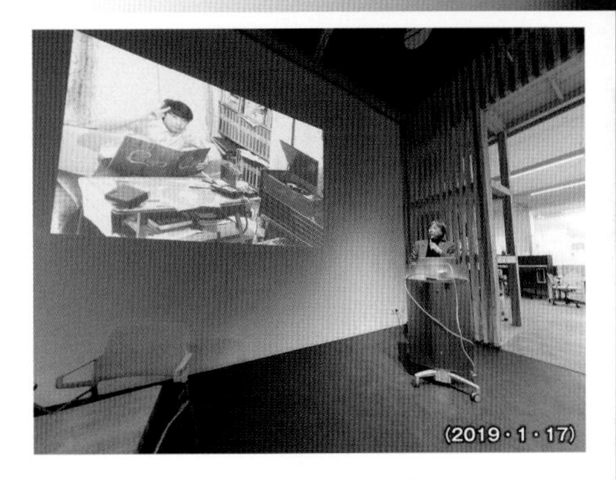

（2019・1・17）

映画祭 短編映画 逸話聞く

ｅシルクロード大学の例会でマーヴェリック・クリエイティブ・ワークスCEOの久保俊哉氏が講師。講義内容は「ショートフィルムと映像コミュニケーション」で同氏が長年携わってきている札幌国際短編映画祭を中心に映画製作の講義となる。

全国の映画館ファンに支えられる浦河町大黒座の三上雅弘夫妻

(2019・3・17、空撮 2021・9・3)

大黒座　創業100年　人模様

浦河町で創業100年続く映画館「大黒座」のドキュメンタリーTV番組を視る。以前浦河町には大黒座に加えて「セントラル」という映画館もあって映画を観に行ったはずである。しかし記憶に残っていない。大黒座の館主三上雅弘氏は取材している。

爪句集出版でも利用した「find・H」の惣田浩部長

(2019・7・18)

講演が　生み出す成果　期待かな

月１回の勉強会。北海道新聞社の新規事業のクラウドファンディング「find・H」の狙いと展望に関して、同社の惣田浩部長が講演する。聴講者はいつもより少なかったけれど、この講演をきっかけに新しくプロジェクトが立ち上がりそうである。

勉強会「eシルクロード大学」に集う面々

(2013・10・17)

こちら見る　顔々を撮り　勉強会

昨夕は勉強会「e シルクロード大学」があった。講師依頼の手はずが整わず著者が講師となりパノラマ写真と爪句の話題を提供する。インターネット接続でブログの画面を大型スクリーンに映し出して説明しながら、パノラマ写真撮影の実演も行う。

後年毎日新聞社を退社後道内で
新聞人を続ける吉野理佳氏

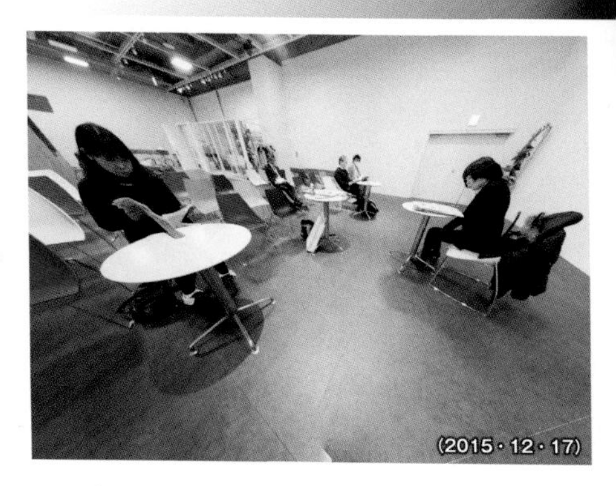

(2015・12・17)

年忘れ　人の流れて　勉強会

忘年会たけなわで、そちらにメンバーが流れる中で今年最後の勉強会。講師は毎日新聞社北海道支社長吉野理佳氏で「新聞ができるまで」のテーマで話してただいた。講演後は講師と常連３名のプチ忘年会兼懇親会で、こちらの話も面白かった。

勉強会から始まった空撮パノラマ写真撮影プロジェクト

室内で　空撮パノラマ　最初なり

昨夕の eSRU の勉強会で三橋教授が新型のドローンの飛行実演を行う。その際空中にホバリング状態のドローンで空撮を行い、パノラマ写真のデータを記録する。朝からデータを処理してパノラマ写真を表示。上空のカメラに写った参加者が見える。

多方面に趣味の領域を広げていく手仕事師の清水瓊（けいこ）子さん

樹楽里織（きらりおり）　名付け凝りたり　手仕事師

「e シルクロード大学」の 12 月 21 日の講師は樹楽里織（きらりおり）研究会代表・深井克美研究家・鉄道愛好家の清水瓊子さんで、並ぶ肩書が示すように話題は盛沢山だった。翌日に時間と手間をかけて講演会場の様子のパノラマ写真を合成した。

難聴者を被験者にして可聴実験を行う里見英樹メディア・マジック社長

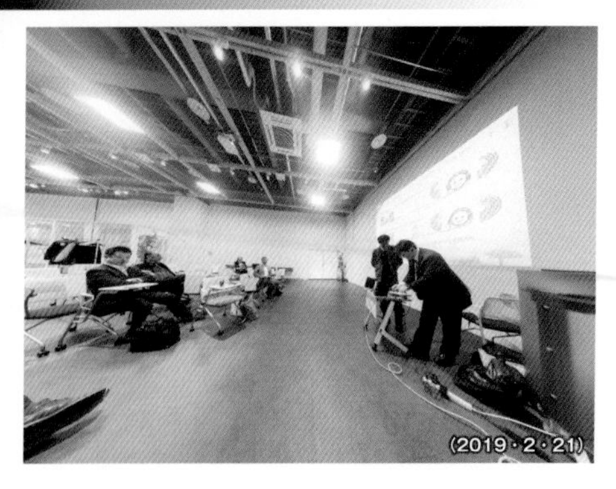

(2019・2・21)

難聴者　デモ実験に　駆り出され

勉強会 eSRU の例会で、講師はメディア・マジックの里見英樹社長が務める。クラウドファンディングで手に入れたというツールのデモ実験がある。耳の悪い人に対して6つの周波数で音の可聴域を補って、その人に最適な音楽を聞かせる手法である。

北海道の活性化を熱く語るマネー・フォワード北海道支社長平野龍一氏

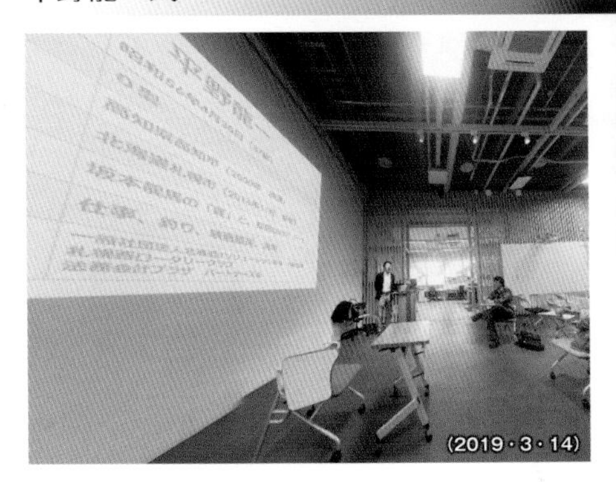

(2019・3・14)

北海道　活性化の人　四十前

ｅシルクロードの勉強会で講師はマネー・フォワード北海道支社長の平野龍一氏。警察官僚のエリートコースに見切りをつけベンチャー企業に身を投じる。札幌に移住し、北海道を活性化して行こうとの氏の話は、40歳も年上の筆者にも思いが伝わる。

ベトナムでのビジネスの大変さを披露するイークラフトマン社長新山将督氏

(2019・4・18)

ベトナムの　苦労話や　勉強会

夕方「eシルクロード大学」の勉強会。講師は㈱イークラフトマン&イークラフトマン・ベトナム代表取締役の新山将督氏で、同氏は今朝ホーチミン市を発って会場に少し遅れて到着。ベトナムでのビジネス展開の苦労話の披露となる。講演後は飲み会。

「運動と健康について」語る札幌国際大学の後藤ゆり先生

(2019・5・16)

健康を　隻句（せきく）で言えと　迫るかな

月一の勉強会。講師は札幌国際大学の後藤ゆり先生で、テーマは「運動と健康について」である。健康の定義は世界保健機関憲章の前文にもあるけれど、これは抽象的である。具体的な一言で健康である事を知りたかったけれどこれは無理な質問。

3か国語を自由に操る札幌国際大学の陳尭柏先生

(2019・6・20)

良く喋る　トリリンガルの　講師かな

eシルクロード大学（eSRU）の例会。講師の札幌国際大学の陳尭柏先生は中国語、英語、日本語に堪能で、日本語での講義となる。3人の子ども達も同様に3か国語を操るとの事で、これなら家族でどこの国に行っても会話には不自由しないだろう。

寄贈爪句集を受け取ったベトナム人グエン・ティ・ツー・チンさん

(2019・8・22)

ベトナムの　女性も読みて　爪句集

爪句集の第40集目の出版に合わせeシルクロード大学で「爪句集全40巻出版を顧みて」の演題で講演を行う。講演の後は参加者がそれぞれ持ち込みの飲み物、食べ物で会費無しのパーティーとなる。13名程の参加者全員にスピーチを行ってもらった。

終活で見入る都市秘境散策の2008年用卓上カレンダー

（2007・11・14、空撮 2021・9・1）

捨て始め　終活元年　写真撮る

　年の初めに今年は何をメインテーマにするかと考える。「終活元年」の言葉が頭を過る。写真や資料は気が向いた時に捨てていこうと思って、捨てる前に道新文化センター講座参加者（中澤美津子さん）制作の2008年卓上カレンダーの写真を撮る。

都市秘境歩き講座の参加者と登る三角山

（三角山山頂 2009・10・14、空撮 2020・3・11）

三角山（やま）登り　初心者の居て　偉業かな

道新文化センターの「都市秘境を歩いてみよう」の講座で参加者と一緒に札幌や近郊の面白そうな場所を訪ね歩いた。時には登山とは縁遠い参加者を三角山の頂上まで連れて行く。三角山の日に撮った空撮写真に講座日に撮影の参加者を貼り付ける。

「森ヒロコ・スタシス美術館」見学中の道新文化センター講座参加者

(2013・6・12)

ヴィルコンの　造形並ぶ　美術館

道新文化センターで「身近な都市秘境を歩いてみよう」の講座を 2007 年から 2017 年まで続けた。講座の記録はブログ記事に残した。参加者の七島美津恵さんから五輪の男子マラソン観戦のコメントがブログに届いたので、小樽巡りの時の写真を探し出す。

北大植物園長冨士田教授から園内の説明を聞く道新文化センター講座参加者

（2014・5・14、右端冨士田園長、一人おいて加藤助教）

満開の　ズミの花入れ　記念撮り

道新文化センターの街歩き講座の参加者と北大の植物園を訪ねる。園長の冨士田裕子教授と加藤克助教が出迎えてくれる。北方民族資料室や宮部金吾記念館も見学する。札幌最古のライラックや園内の池の傍の満開のズミの木を見て全員で記念撮影。

キノルド資料館を見学する道新文化センター講座参加者

(2014・5・28)

開学の　修道女写真　並びたり

旧藤高等女学校のタマネギのような屋根の塔の校舎が解体され、外観の一部が再現されてキノルド資料館になった。資料館を道新文化センター講座の参加者と見学している。キノルド司教がドイツから招聘した3名の修道女により同校が開校された。

北海製缶の行幸記念碑前で記念撮影をする都市秘境歩きの見学者

(2014・6・11)

行幸の　記念碑前で　輪の写真

道新文化センターの講座参加者と小樽の北海製缶を見学した。光合金製作所会長の井上一郎氏の紹介で同氏も一緒に製缶の工場内を見て回る。案内役は工場長の江川亨氏である。大正10(1921)年創業の社歴で敷地内の行幸記念碑前で記念撮影となる。

彫刻家と作品を解説するワグナー・ナンドール記念財団秋山孝二理事長

(2015・5・20)

スライドの　母子像円く　ナンドール

道新文化センターの講座参加者と宮の森にあるワグナー・ナンドール記念財団を訪ね、財団理事長秋山孝二氏からナンドールの作品についての解説を聞く。札幌市の市長公邸跡に設置されたブロンズ像の「母子像」がスライドで写し出され鑑賞する。

北海学園大学の建物屋上で記念撮影をする道新文化センター講座参加者

屋上に　広がる札都　五輪来る

　コロナ禍の下で何かと問題の多い東京五輪が開幕目前である。ロサンゼルス五輪の男子三段跳びの金メダリスト南部忠平は北海中学出身。同中の後身につながる北海学園大学を道新文化センター講座参加者と訪れ、10 階建ての屋上で記念撮影となる。

北星学園について説明をする同
学園理事長大山綱夫氏

(2016・5・12)

学園と　リラ木のルーツ　スミス女史

道新文化センターの講座参加者と北星学園大学を訪問する。宣教師サラ・C・スミス女史が創設した学園で同女史がアメリカから持ち込んだライラックが札幌最初の親木で北大植物園にある。学園理事長の大山綱夫氏が参加者に同学園を紹介する。

「劇団ドラマシアターども」の主宰者安念智康氏と奥さんの優子さん

(2016・5・18)

安念氏　パノラマ写真　分身術

『江別・北広島秘境 100 選』(共同文化社、2008) で取り上げた「劇団ドラマシアターども」を 2016 年 5 月道新文化センターの講座で訪れる。劇団主宰者安念智康氏と奥さんの優子さんが出迎えてくれ、劇団のスタジオで講座参加者に説明してくれる。

塩谷丸山から小樽天狗山までの三万歩の縦走

(2013・6・29)

丸山と　近隣山で　三万歩

塩谷丸山（629m）登山である。同行は菅原氏、福本氏、高野氏、境氏、滑川氏に岩城さん。JR塩谷駅から歩いて頂上に達する。天気も頂上からの眺望も良い。ここから遠藤山(735m)、於古発山(708m)、天狗山（533m）を歩く。3万歩を超していた。

札幌から出向き霧のアポイ岳に
登った4名のパーティ

（2014・6・27）

写るのは　霧と人のみ　アポイ岳

アポイ岳は地元の高校の規則らしく浦河高校在学中に一度は登山した。札幌に住むようになってからも何度か登っている。2014年の6月に未だ運行していた日高線の列車で浦河町まで行き1泊して登った。菅原肇氏、福本義隆氏、川久保昭宏氏が同道。

5年前「鐘の銘　安如泰山　一休み」を作句している札幌岳冷水小屋

(2015・7・20)

渓流の　水の冷たさ　不変なり

札幌岳登山の同行者は隊長格の菅原氏、福本氏、滑川氏、斉藤さん、筆者の運転手役の北科大の三橋教授で、計６名のパーティである。下山時に冷水（ひやみず）小屋の前で一休み。小屋の横に流れる渓流の水の冷たさは５年前と変わらなかった。

大雪山縦走でお鉢平展望台で登山仲間と一休み

(2015・8・2)

脚休め　目は動かして　展望台

　お鉢平展望台で仲間も含めた登山者が思い思いに休息を取っている。歩き疲れの脚を休めて、目の方を働かせて雄大な景観を見る。朝登山口から歩き始めてもう6時間は経っている。黒岳石室の看板があり、密生するハイマツの中に道が続いている。

雨竜沼湿原行で撮影した管理棟内部と同道の山仲間

(2015・8・22)

管理棟　注意書きあり　事後チェック

札幌、小樽からの山仲間総勢９名で雨竜沼湿原行。湿原の木道からシロワレモコウ、サワギキョウ、エゾリンドウを撮る。戻りはバラバラで管理棟前で全員が揃うのを待つ。管理棟内のパノラマ写真を撮ると外に菅原氏、福本氏、川久保氏が見える。

西別岳の山頂を目指して先を行くランチウェイ同道菅原、福本、境の三氏

(2015・9・3)

極楽の　景色に加勢　好天気

西別岳山頂まであと0.45kmの所に見晴しのよいところがあり、「ごくらく平」の標識がある。ここから切り立った摩周岳と、その麓のところに顔を出している摩周湖を見てパノラマ写真を撮る。天気も良く、これは極楽の景色なり、と一句出てくる。

眺望が広がり羊蹄山も見える秋のニセコアンヌプリ

アンヌプリ　名峰同士や　羊蹄山

北科大ニセコ芦原山荘に泊まった翌日ニセコアンヌプリに登る。菅原氏、福本氏、滑川氏、三橋教授が同道でかなりバラついて頂上に到達。頂上からの360度の景観をパノラマ写真に撮る。羊蹄山がくっきりと見える。写真に菅原氏と三橋教授が写る。

吹雪で遭難の危険を感じたイワオヌプリ山頂

頂(いただき)で　強風堪(こら)え　全球撮

10月の終わりに登った標高1116mのイワオヌプリは吹雪いていて、山頂でパノラマ写真を撮っても周囲の状況がわからない。同行の菅原氏、福本氏、滑川氏、三橋夫妻が吹雪の中に影が見える。冬山でもないのに吹雪で遭難の危険があるのを体験する。

白樺山山頂での曲芸撮影に納まった山行き同行者

(2016・6・11)

三脚無く　曲芸撮りや　岩山頂

白樺山に登り頂上の岩場でパノラマ写真を撮る。標高923mと書かれた山頂の標識が写り、その彼方に残雪の目国内岳が見える。同行者の北科大の三橋龍一教授と奥さん、福本工業の山本修知氏、イノベーション・ラボの川久保昭宏氏が写る。

小樽赤岩白龍胎内巡り登山(下山)を体験した面々

(2017・10・8)

岩場降り　肝が冷えたり　膝笑う

　赤岩白龍胎内巡りという、かなりスリリングな登山（というより下山）に誘われた。ガイド役は小樽在住の境氏。同行者は三橋教授、滑川氏に岩城さん。下赤岩から梯子、ロープで岩山の下に降りる。三橋教授がドローンを飛ばし全員の空撮写真を撮る。

旭山公園でお月見気功会を開き指導する池田明子先生

(2010・8・22、空撮 2021・7・8)

旭山　月見る動作　気功かな

　妻が気功を習っていて、旭山記念公園でのお月見気功会に運転手役で駆り出される。この気功会を主宰している池田明子先生が、月には嫦娥(じょうが)と呼ばれる女神が住んでいる中国の伝説をコメントしつつ、月を見る振り付けの気功を全員で練習していた。

写真があっても名前が残っていない比布町広報担当Oさん

(2013・8・14)

広報の　職員の手に　爪句集

パノラマ写真を撮影した北比布駅も南比布駅もその待合室は惨めなものである。これを逆手に取って鉄道ファンに来てもらうと、町の広報担当のOさん（名前メモ無し）が我々撮影隊を出迎えてくれる。Oさんに駅のパノラマ写真爪句集を贈呈した。

カメラ小僧の漫画で筆者を紹介する前UHB社長の新蔵博雅氏

(2013・11・27、空撮2021・6・22)

パノラマを　撮る我擬され　カメラ小僧

著者の北海道功労賞受賞祝賀会には40名を超す方々に集まっていただき、中締めの乾杯で前UHB社長の新蔵博雅氏のスピーチとなる。回りながらパノラマ写真を撮る筆者は、赤塚不二夫の漫画「天才バカボン」に出てくるカメラ小僧に擬された。

展覧会場に作品だけが並び作家は不在だった版画家宝賀寿子さん

(2013・11・29)

版画展　カメラ小僧が　回り撮り

　ギャラリー山の手に「宝賀寿子版画展～林檎園ものがたり」を見に行く。作家は居らず会場でコラボレーションの余市サンケン農園のリンゴを買う。2日前に新蔵氏から祝賀会でもらった「カメラ小僧」のコピーを会場の壁に貼り付けて撮影する。

20周年記念日を迎えたレトロスペース・坂会館館長坂一敬氏

(2014・6・6)

20年（はたとせ）を　過ごし祝いの　花の有り

知る人ぞ知る、レトロスペース・坂会館の坂一敬館長を5日に取材した。この時、この会館が1994年6月6日にオープンしていて今日が20周年記念日になる事を知る。自著の豆本爪句集と都市秘境本を寄贈する話になり再度出向き坂氏に手渡す。

“オペラ狂”と自己紹介するリストランテ・トレノ経営者比良嘉恵氏

（2014・6・11）

生業（なりわい）は　イタリア料理　オペラ狂

小樽で列車を改造したレストランを経営する比良氏は商売柄、イタリア旅行は良くする。もう 20 回は行っている。旅行に不自由しないイタリア語は身に付け、イタリア料理と食材を訪ねる旅に加えてオペラも楽しんでいる。自称“オペラ狂”である。

北海道新幹線開業初日に合わせて鉄道最長距離移動の記録達成

1日で鹿児島・指宿→帯広

鉄道で2809キロ縦断 達成！

「列島の大きさ実感」

(2016・3・26　空撮 2021・9・4)

日着の　記録保持して　マニア入り

鉄道マニアの和田千弘氏が言い出した、列車を乗り継いで1日で最長距離を移動するプロジェクトに参加。同道は福本義隆氏と3名で鹿児島の指宿市山川駅から出発し帯広駅に到着。結果は「鉄道で2809キロ縦断達成」の見出しの新聞記事になる。

最初で最後の「文学フリマ札幌」出店での売り子役三橋龍一教授

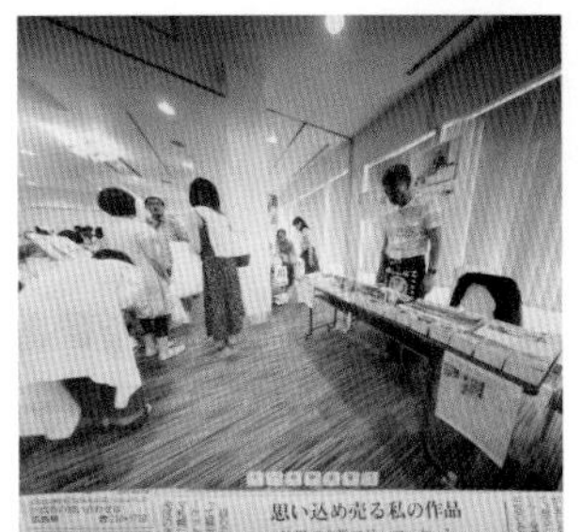
思い込め売る私の作品
札幌で文学フリーマーケット

(2017・7・10)

思い込め
売る作品は
我のもの

道新朝刊に昨日さっぽろテレビ塔で開催された「第2回文学フリマ札幌」の記事が載る。記事によると130の個人・団体が出店し、約950人が来場した。「札幌川柳社」の隣で「爪句結社・秘境」の看板で爪句集を販売。記事の見出しを引用して作句する。

圧倒的読書量を誇る元北海道新聞社出版局局長の中山明展氏

(2017・11・16)

質問は　何故(なぜ)本読むか　時間切れ

月一の勉強会で講師は元北海道新聞社出版局局長の中山明展氏。読書法というテーマに惹かれたか、いつもより参加者は多く10名。スマホ・携帯全盛時代にそれら無しで通している氏と、読書に関する質疑応答の時間が充分取れなかったのが残念。

剪定した木で木彫り作品を作り売っている満花園の小島満氏

(2021・7・14、空撮 2021・7・15)

剪定(せんてい)の　木を生かし彫る　工芸家

庭木の剪定は札幌の満花園に頼んでいる。経営者の小島満氏は落とした太い枝を利用して木彫りの作品を作り、ネットのハンドクラフト販売所で売っている。高齢者になると木登りも大変のようで、木彫りの作家に軸足を移そうと考えているようだ。

時計台ギャラリーでの「北海道の駅パノラマ写真展」関係者の記念撮影

(2013・7・27、空撮 2021・8・30)

来場者 500名超し 写真展

写真展最終日の搬出時間が迫った頃、ギャラリーのオーナーでSF作家の荒巻氏が記録写真撮影で来室され、記念撮影となる。菊地さん、福本氏、林氏、著者、荒巻氏、村田利文氏夫人、山本氏が並ぶ。会期中には福津さん、鮫島さんの顔もあった。

爪句集寄贈の労を取ってくれた
沼田町総務財政課亀谷良宏氏

（亀谷氏 2013・11・23 撮影、空撮 2021・9・5）

沼田町　CF縁で　本寄贈

テレビを視ていたら沼田町役場の亀谷良宏氏が現れた。コロナ禍で困窮する大学生に同町産のお米を届けるクラウドファンディング（CF）を企画している。かなり以前に亀谷氏を町役場に訪ねた縁で同氏を介して同町図書館に爪句集の寄贈を行う。

新設「北海道鉄道写真館」を取材した北海道新聞の石橋治佳記者

(2017・7・18)

取材日が　オープン初日　写真館

「北海道鉄道写真館」のオープン初日と位置づけて、旧西美唄小学校で北海道新聞岩見沢総局の石橋治佳記者の取材を受ける。記念にと最後の展示仕上げに関わった人達と記念のパノラマ写真撮影。取材を受けながら記者を写真取材した格好になる。

古本とビールの組み合わせを演出する店を経営する石山府子さん

(2019・1・8)

古本(ほん)よりも　ビールが売れると　店主談

街に出たついでにビールの飲める古本屋アダノンキに立寄る。以前店主の石山府子さんに約束したように爪句集全巻を寄贈して、パノラマ写真を撮る。ビールと古本とどちらが売れるか聞くと、圧倒的にビールで、半々ぐらいの比率にしたいとの話。

寄贈後が気になる定時制札幌大通高校に納まった爪句集と都市秘境本

(2019・6・11)

寄贈本　読まれているか　定時制

道新文化センターの街歩き講座で札幌大通高校の養蜂プロジェクトを見学した事がある。その時対応していただいた同校の島田先生を介して爪句集と都市秘境本を寄贈した。寄贈日には島田先生は不在で同校のＮさんが対応され、写真に写っている。

寄贈爪句集を前に北海道立文学館工藤正廣館長と野村六三専務理事

(2019・6・28)

世の中は　どこにご縁か　本寄贈

北海道立文学館の工藤館長に伊藤組 100 年記念基金の評議委員会で爪句集の宣伝と寄贈の提案をした。話が進んで野村同館専務理事と連絡を取る。野村氏は北海道新聞の記者時代に知っており、爪句集の寄贈でお世話になるご縁とは予想外だった。

準備期間が長かった小樽商科大学への爪句集寄贈

(2020・1・16)

本寄贈　床に落ちたり　棚の壺

爪句集全 41 巻を寄贈するため小樽商科大学に出向く。商科大学のキャンパスには初めて足を踏み入れる。副学長で図書館長の江頭進先生の部屋で紹介者の江口修同大名誉教授、高玉博史課長も交え歓談。パノラマ写真に写っている置物が床に落ちる。

コロナ禍にいち早く遠隔授業で対応の札幌新陽高校荒井優校長

(2020・2・27)

本寄贈　本気挑戦　校是なり

札幌市南区澄川にある札幌新陽高校に爪句集全42巻を寄贈するため出向く。校長の荒井優先生は2016年ソフトバンク㈱から転職した。1975年2月28日生まれで訪問日翌日が誕生日。その誕生日から同高はコロナ禍対応で休校し遠隔授業の試行予定。

「豆本ワールド」展初日に撮影した北海道立文学館野村六三専務理事

(2020・4・11)

コロナ禍や　二日で終わる　豆本展

北海道立文学館で2020年4月11日から「豆本ワールド」の特別展で爪句集も展示された。初日に出向き会場のパノラマ写真を撮影。写っているのは同館の野村六三専務理事と学芸員の方である。この特別展は2日間開催後コロナ禍で閉館になる。

庭の土留め壁を利用した最後のパンダ写真展を観る家族

真夏日や　空撮写真　撮る暑さ

A市から娘一家がやって来る。庭で空撮パノラマ写真で記念撮影を行う。ドローンでの撮影が良く理解されていないので全員がカメラの方を見ていない。孫娘達も大きくなったものである。土留めの壁を利用してこれが最後のパンダ写真展となる。

「eシルクロード」構想の日韓の意見交換会に格上げのソウル忘年会

(2000・12・22～23　空撮 2021・8・29)

IT人　ソウル集まり　忘年会

札幌のITの関係者がソウルで忘年会を企画し、これが「eシルクロード」構想の日韓双方の意見交換会になった。後の札幌市副市長の町田隆敏課長や、研究室出身のNTT東石塚滋樹室長、若生英雅BUG社長、中本伸一ハドソン副社長らも出席した。

バーチャルの歌い手「初音ミク」がリアルに勝り道新文化賞受賞

(2012・11・8　2013・12・5　空撮 2021・9・29)

初音ミク　壇上に居て　受賞式

　グランドホテルで行われた北海道新聞文化賞の受賞式と祝賀会に出席。特別賞の初音ミクは切抜きの看板が壇上にあり、クリプトン・フューチャー・メディアの開発担当社員が代わりに表彰状をもらっていた。後日このパネルのパノラマ写真を撮る。

テーブルの上の自分の写真を加え家族が並んで写るパノラマ写真

(2013・10・16)

パノラマに　家族並びて　受賞式

　北海道功労賞の贈呈式が札幌市内のガーデンパレスホテルであり、受賞の当事者として出席する。家族も集まったのでパノラマ写真撮影である。撮影者は当然パノラマ写真には写らない。その代わり、式で贈呈された写真に小さく自分の顔がある。

祝賀会参加者の全員が写ったパノラマ集合写真

祝賀会　全員写り　プロの技

記念撮影をパノラマ写真で撮ると撮影者が写らない不都合がある。そこで北海道功労賞受賞の祝賀会ではプロのパノラマ写真カメラマンの山本修知氏に撮影を依頼。三脚を用い、カメラマンが被写体になるところでは他の人がシャッターを押した。

北海道マラソン女子優勝者野尻あずささんからのコメント

(2014・8・31　空撮 2021・9・14)

驚きは　コメントのあり　優勝者

北海道マラソンの2014大会は8月31日に行われ、女子の優勝者の野尻あずささんが北大構内を走る姿を撮影してブログに載せた。このブログのコメント欄にご本人からコメントが書き込まれたのにはびっくり。大会当日の写真を今朝の空撮写真に貼る。

パノラマ写真撮影カメラマンになって主催者が写っていない記念写真

(2015・11・19　空撮 2021・9・3)

パノラマを　撮る主催者の　姿消え

「e シルクロード大学 10 周年記念&『パノラマ写真で記憶する北海道の鉄道』カレンダー制作記念会」という長い名前のパーティーをテレビ塔の宴会場で開催する。30 名ほどの方々に集まってもらい盛会である。会の冒頭パノラマ写真を撮る。

「空撮パノラマ写真とJR駅のパノラマ写真展」レセプション参加者

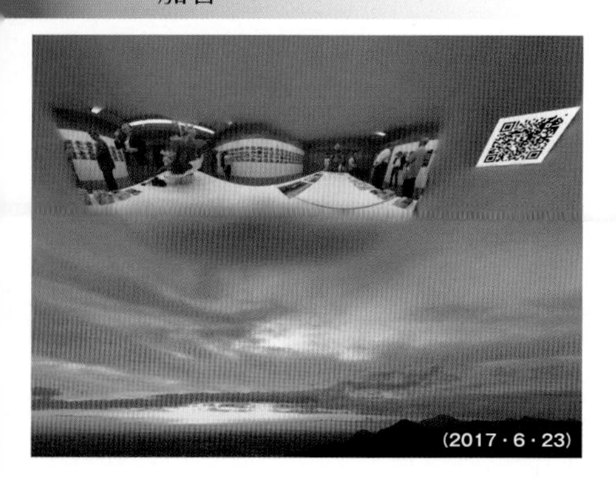
(2017・6・23)

試しみる　瞬時撮り法　便利なり

道教育大のHUGギャラリーでの写真展のオープニングレセプション直前に三橋龍一教授がリコーの全球パノラマ写真撮影用専用カメラで会場内を撮影する。このカメラ一瞬でパノラマ写真を撮影できるので便利でも解像度が低いのが難点である。

カレンダーと爪句集出版プロジェクトの記念会に集う支援者達

(2017・10・19　空撮 2021・9・15)

円周に　参加者並び　勝れ写真

　空撮による景観写真を月毎に並べた 2018 年用カレンダー「北海道の絶景パノラマカレンダー」と爪句集第 33 集「爪句@北科大物語り」の出版記念会をテレビ塔の宴会場で開く。参集者全員を 1 枚のパノラマ写真に収める。撮影者は山本修知氏である。

造園中の「千年の森」での記念空撮写真に写る訪問者

(2018・8・4)

ドローン見る　視線ばらつく　写真かな

昨日同様「社長会」の参加者の写真撮影のため豊滝に造園中の「千年の森」に行く。整備中の池の前の花壇のところに集まってもらい、空からのパノラマ写真を撮る。指示が伝わらず中央の園オーナーの田嶋忠義氏や他の人の視線がバラバラで写る。

時間を要する撮影法で完成度が低いパノラマ写真に写る人

(2018・11・12)

完成度　低き写真も　記念なり

昨日の故服部裕之君の偲ぶ会で撮影したパノラマ写真の処理をする。著者の撮影・処理方式は、全視野を８枚の写真に撮り込み、これ等をつなぎ合わせる。人が混み合い移動したりする状況では貼り合わせが上手くゆかず、完成度の低い写真となる。

試作フォーミュラーカーを説明する北科大短大の金子友海准教授

(2020・1・19)

剥き出しの　車輪目立ちて　フォーミュラーカー

北科大の三橋教授に誘われ札幌ドームで今日まで開催中の札幌モーターショーの見学と撮影に行く。北科大短大の金子友海准教授がフォーミュラーカーの展示を行っていて、その関係者として入場する。一般客の居ない開場前にパノラマ写真を撮る。

テレビで観戦する五輪男子マラソンで健闘の大迫傑選手

マラソンや　ケニアの強さ　目立ちたり

庭で朝焼けを空撮後早朝散歩。風があり昨日までの暑さは和らいだ感じ。7時から始まった五輪男子マラソンをテレビで観戦する。ケニアのE. キプチョゲが五輪連覇で、昨日の女子の優勝もケニア選手でケニア勢は強い。日本は大迫傑が6位入賞。

音響ホログラフィ研究で知り合ったWade教授、Lee教授

(1969・3、1992・8　空撮 2021・9・21)

懐かしき　教授らの顔　天に貼る

博士論文は「電波・音波ホログラフィの研究」で、関連した研究でカリフォルニア大学サンタバーバラ校のG. Wade教授とH. Lee教授の知遇を得た。後に北海道新聞の「私のなかの歴史」(2007)や「旅のスケッチ」(1997)に教授らの写真を載せた。

1978年の国慶節招待で一緒の写真に納まった喬石副首相と谷牧国務委員

(谷牧国務委員との集合写真 1987・9・30、道新記事 1987・10・1、空撮 2021・7・14)

国慶節　要人と撮る　写真かな

北京で行われる国慶節の祝賀行事に1978年招待された事がある。9月30日は谷牧国務委員主催のレセプション、夜は趙紫陽首相主催の歓迎会があった。歓迎会で喬石副首相から自作ホログラムテレカにサインをを貰った記事が北海道新聞に掲載された。

札幌市と大田市の経済交流でのヨム・ホンチュル市長とエマシス金社長

(左端高橋昭憲氏、著者、金豊民社長、右端ヨム・ホンチュル市長 2004・6・30　空撮 2021・9・10)

ビズカフェが　札幌・大田(テジョン)の　橋渡し

　札幌市が推進の「eシルクロード」経済政策に関連し韓国・大田市のヨム・ホンチュル市長が来札し上田文雄札幌市長と会談して大田市に札幌市の展示場が設けられた。その折に大田市にもビズ・カフェがエマシスの金豊民社長の尽力で開設された。

6か国語に通じるのに隠遁者然としたパタヤーの金良悦氏

(2013・9・5)

隠遁（いんとん）は　人の連れなく　猫2匹

タイのパタヤーで里見父娘と一緒に泊めてもらった金良悦氏の邸宅は庭にプールがあり、千坪の敷地に母屋、離れ、東屋が並ぶ。同氏はここに2匹の猫と住んでいる。韓国人で上智大学の神学科を卒業して神父にもなり、6か国語に通じている。

小柄の女性ながら精力的な研究・教育者の西南交通大学准教授侯進さん

(2013・11・1)

博論の　研究続き　アバタかな

成都訪問の一番の仕事は集まった研究者達の研究紹介である。テーブル前の小柄な女性が西南交通大学准教授侯進さんで、一人で 20 名を超す大学院生を指導している。研究テーマは北大で行っていた博士論文研究のアバタを発展させたものである。

アメリカ総領事館内で説明してくれた首席領事J・ゴーグさん

(2015・1・30 撮影)

知遇得て　米国内部　覗き見る

道新文化センターの都市秘境探訪講座で講座参加者とアメリカ総領事館を訪問する。首席領事のジョエレン・ゴーグ（JoEllen Gorg）さんや広報担当官の寺下ヤス子さんらが出迎えてくれる。以前領事館近くのギャラリーでゴーグさんを撮影している。

日中交流キーパーソンを前に講演する中国駐札幌総領事の滕安軍氏

(2015・3・19)

講義聴く　日中交流　キーパーソン

勉強会eシルクロード大学は今年3回目で講師は中国駐札幌総領事の滕安軍氏である。講演時にパノラマ写真を撮る。北海道日中友好協会会長の青木雅典氏、中国画廊館長國岡睦史氏、ノーステクノロジー社長呉敦氏の日中交流関係者の顔が見える。

新社屋を前に出迎えてくれる日本に留学した莫・鄒夫妻

(2018・10・20)

中国の　勢い写る　写真かな

研究室で博士号取得後、出身地成都市に帰国した莫舸舸君のその後を見ていると、アメリカを抜き世界一の経済大国を目指す中国の勢いが実感できる。莫君の会社の新社屋の前で奥さんの鄒さん、研究室出身の侯准教授、三橋教授、邱教授らを撮る。

服部氏追悼カレンダーに名前の見えるBurger氏と天間さん夫妻

（空撮 2021・9・22）

逝く人に　ご縁の名あり　暦かな

服部裕之氏が2018年9月に亡くなり2019年用カレンダーに追悼の名入れのものを制作した。名入れ賛同者にAlexander Burger氏と天間雅子さんの名前がある。お二人は国際結婚でドイツ在住である。娘が3人いて訪日時に一家で著者宅を訪れている。

成都市でパンダ繁育プロジェクトに関わっている楊治敏さん

(2021・8・29)

WeChat（ウイーチャット） 届いた資料 大熊猫（パンダ）かな

研究室で博士号を取得した莫舸舸君の奥さんの鄒広菁さん経由で WeChat に伝言。莫君の母親の楊治敏さんから成都パンダ繁育研究基地パンダ繁育プロジェクトに関する資料が届く。資料中に同研究基地のパンダ監視システムの寄贈式の写真がある。

鬼籍入りの同期生も写る40年前の米国旅行の写真

(1981・4、空撮 2021・6・18)

四十年(よそとせ)や　頭髪白く　なりにけり

昨夕（2021・6・17）オンラインの勉強会に元旭川高専教授齋藤清君と元ハドソン副社長中本伸一君が参加した。1981 年 4 月にサンフランシスコ市でのWCCFに参加した時の記念写真に両君が写っている（両端）。鬼籍入りした鈴木勝裕君もいた。

写真で思い出す山本先生と小柴先生との同道瀋陽旅行

(右から小柴教授、山本先生、著者 1988・4・6、空撮 2021・7・29)

同道の　ミッション忘却　メモ写真

札幌市と友好都市の瀋陽市にある瀋陽工業大学(旧校名は瀋陽機電学院)との学術交流に力を注いだ時期があった。色々な知り合いを連れて同校を訪問している。山本克郎先生と北大の小柴正則教授と一緒に校門の前で撮った写真が残っている。

国際学会の発表会場で北大宮永教授の質問に答える北大片桐博士

(2002・7・17　空撮 2021・10・7)

放射線　リスク可視化の　成果かな

タイのプーケットで開かれた、頭文字を並べただけでも長い国際学会 ITC-CSCC2002 で発表しているのは研究室で博士号を取得した片桐実穂博士。聴いているのは北大工学研究科の宮永喜一教授で、この時は質疑応答は多分日本語で楽だったろう。

大停電に遭遇したカナダ旅行で再会した金商雲先生ご夫妻

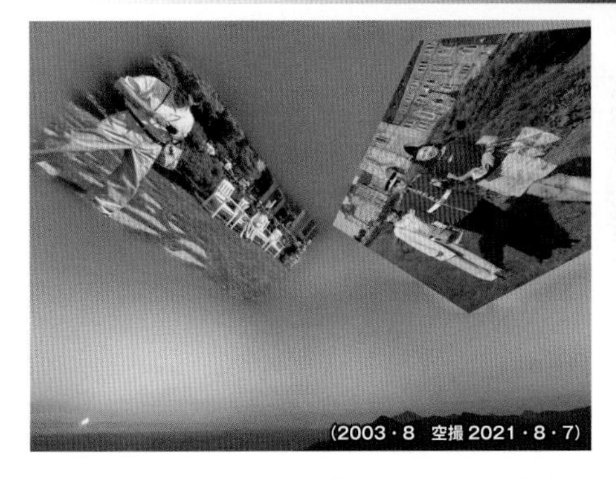

(2003・8　空撮 2021・8・7)

思い出は　カナダ旅行の　大停電

研究室に研究員で在籍した韓国・延世大学教授金商雲先生がカナダの大学に滞在中で訪ねる。オタワで金先生ご夫妻に再会したまではよかったけれど、その後北米史上最悪の大停電に遭遇し、ハミルトンに留学中の娘のところに行くのが大変だった。

タイ・チェンマイの国際学会に参加した研究室の莫君と柴さん

(2004・11　空撮 2021・9・4)

学会や　発表合間に　寺院(てら)を描く

タイのチェンマイで開かれたIEEE TENCOM 2004の学会で研究室の博士課程2年の莫舸舸君と修士課程2年の柴怜子さんが出席して発表する。研究室の秘書の加藤亜紀子さんも同道する。学会の合間にワット・チョット・ヨートでスケッチをする。

故服部裕之君の顔が見えるパンダ見学ツアーの九寨溝での記念撮影

（後列左端服部君 2005・10・12、空撮 2021・7・19）

幽明を　異にした人と　秘境かな

本日夕刻故服部裕之君の偲ぶ会が予定されている。献杯の役で、短いスピーチをしようと服部君と九寨溝・黄龍を旅行した時の写真を探し出す。九寨溝での撮影は2005年10月12日とある。翌日は標高3000mの五彩池まで酸素不足にあえいで登った。

ホーチミン市でオフショアビジネス視察会参加の面々

（2008・1・14－15　空撮 2021・9・24）

ホーチミン市　ベンタイン市場　自筆絵で記憶

札幌市・さっぽろ産業振興財団主催でベトナムのIT 企業視察会が行われ、財団関係者や札幌のIT 企業家が参加した。集合写真には㈱サンクレエの森正人社長、財団の渋谷洋幸氏、e シルクロード親善大使の呉敦社長、塩谷彰浩社長の顔がある。

海外旅行ガイドの能力を発揮するメディア・マジック里見英樹社長

(タイ国ワット・プラオケ、2013・9・4)

マダガスカル　行き先変えて　ワット(寺院)巡り

メディア・マジックの里見社長はマダガスカルでアマチュア無線を広めた最初の外国人でマダガスカル通である。同氏からマダガスカル旅行に誘われて、旅行直前でタイ旅行に変更、カンボジアにも足を延ばす。氏の娘さんも同行で旅行を楽しむ。

カンボジア旅行でアンコール・ワットですれ違った人々

(2013・9・8)

日の出無く　遺跡を背にし　帰路の人

シェムリアップ滞在最後の日の早朝は、アンコール・ワットで日の出を見るツアーが組み込まれている。朝4時台に起床でホテル出発となる。生憎空模様は雨である。日の出も無く、空が明るくなって来た時刻には三々五々と戻る人の姿があった。

人の数珠がつながった栈道（さんどう）を降りて記念のパノラマ撮影

（左から里見英樹氏、侯進さん、青木直史北大助教 2013・11・3）

人の数珠　つながり降りて　記念撮

楽山市にある楽山大仏を見に行く。世界遺産に指定されたこの観光地は押すな押すなの見物客で、岩山に彫られた像高 70m の摩崖仏横の急こう配の栈道は身動きの取れない状態である。大仏の下で案内役の侯進先生を中心にパノラマ写真を撮る。

デパートで撮影のパノラマ写真に写る莫景猷氏、莫舸舸君、鄒宏菁さん

(2015・9・19)

ブランド店　しのぎを削り　成都かな

莫景猷氏は「成都華日通訊技術有限公司」董事長で以前からの知り合いである。息子の莫舸舸君が会社を引き継ぐ体制になっている。舸舸君の奥さんの鄒宏菁さんも一緒に成都市のデパートを見学する。世界のブランド品のテナントが入居している。

ご縁の糸がつながってのサルデーニャ旅行で出会った人達

(2016・3・3)

ようこそと　日本語目にし　サルデーニャ

日本のアニメに魅せられてイタリアから来日し、日本人と結婚して三笠市に定住したダビデ・ウッケッドゥ氏がいる。イタリア語を教えていてその生徒達が同氏の故郷サルデーニャ島を訪問した。日本語の歓迎の幕を持って現地の人と迎えてくれた。

ダビデ・ウッケッドゥ氏引率で見学するサルデーニャ島ヌラーゲ遺跡

(2016・3・4)

ヌラーゲは　青空見上げ　塔の底

　世界遺産のバルーミニのヌラーゲのスー・ヌラージをガイドの案内で見て回る。現在も研究が続けられているこのヌラーゲの建造目的が、城塞なのか水や食料の貯蔵施設なのか確定していないらしい。ヌラーゲの塔の下から見上げると青空がある。

20年経っても集まる口実になる先端産業集積地調査米国旅行

(2016・11・29)

米旅行　思い出湧き出　二十年後（はたとせ）

北海道拓殖銀行が主催で米国先端産業集積地域の調査旅行が1985年10月～11月に行われた。旅行後20年経って参加者の懇親会が開かれた。手前から左周りに久保洋、松尾誠之、井上一郎、背戸英昭、伊藤邦宏、本村龍生、久保田義興の各氏が写る。

80歳から1年1研究成果出版を続けた元北大教授竹村伸一先生

（空撮 2021・9・11）

やそとせ
80歳や　年1研究　偉業なり

日立製作所の事業部長から北大教授になられた竹村伸一先生は、80歳から1年間で1研究を完成させその成果の冊子を出版された。北大在職中にはSTVのパソコンラジオ講座のゲストでも参加していただいた。2013年6月93歳で逝去の訃報が届く。

来札し講演を行ったMITメディア・ラボS. ベントン教授

(1988・11・30)

サイン人　鬼籍に入りて　メディア・ラボ

1987年に札幌CG国際シンポジウムが始まった。翌年にはホログラム複製法の第一人者のMITメディア・ラボのS. ベントン教授を招待して特別講演を行ってもらった。「Media Lab」の表紙にホログラムが装丁されていて、同教授のサインをもらった。

音響映像法・計測で著者と接点のある山本克之先生と馮功啓先生

(左：山本先生、右：馮先生　1992・9・15　空撮 2021・7・27)

音響が　取り持つ縁で　黄鶴楼

北大を定年退職予定の 2009 年 3 月に鬼籍の人となられた山本克之教授とは南京での音響映像法の国際学会出席後、武漢を同道で訪問した。武漢物理所の馮功啓先生がかつて北大に留学していた縁である。武漢の黄鶴楼の前で 3 人で撮った写真がある。

逝去後も花図鑑でお世話になっている辻井達一先生

(2012・11・8　2013・1・16　空撮 2021・8・26)

逝く人の　紙面にありて　花図鑑

朝刊に北大名誉教授辻井達一先生の追悼記事が載る(2021 年 9 月 29 日)。昨年 11 月北海道新聞文化賞を受賞されており、同じく受賞した「初音ミク」の推薦者として祝賀会でお会いしていたので驚いた。先生の共著の花図鑑を爪句作りで参考にしている。

「いつまでも　居ると思うな森ヒロコ」のハガキが届いた森ヒロコさん

(2014・7・7　2017・6・24　空撮 2021・9・27)

取材記事　墓碑銘となり　爪句集

道新夕刊の「哀惜」欄に銅版画家の森ヒロコさんの追悼記事。5月1日に死去され、74歳とある。夫君の長谷川洋行氏も昨年11月亡くなっている。3年程前、森さんを取材していて、その記事はブログ(2014年7月7日)」にも残している。合掌。

アイデアで再起する前に逝った元「久住書房」社長の久住邦晴氏

(2014・10・7　2017・8・29　空撮 2021・9・26)

思い出は　書店並べた　駅暦

稚内から帰り溜まった新聞に目を通す。道新夕刊(2017・8・29)に元「久住書房」社長久住邦晴氏の訃報が目に留まる。西区琴似にあった同書店が大谷地の商業施設に移った頃の2014年に自家製駅カレンダーを置かせてもらい取引の最初で最後となる。

楡影寮記念碑建立の際に揮毫（きごう）を頼んだ思い出のある中村睦男北大総長

(2015・10・14)

五年後に　主賓の逝きて　写真処理

北大電子同期生の佐藤君からブログに載せた元北大総長の中村睦男先生の訃報記事を読んだとのメールが届く。中村先生が平成 27 年度の道功労賞を受賞された時の祝賀会で撮影したパノラマ写真を処理する。先生の右隣は加藤忠道アイヌ協会理事長。

逝去記事を見て勲章を思い浮かべた北海学園大学理事長森本正夫氏

(2016・2・17)

赫赫（かくかく）の　勲章初見　写真撮る

4月から開講予定の道新文化センターの街歩き講座の準備のため、北海学園に出向く。顔見知りの森本正夫同学園理事長にご挨拶で、立派な理事長室に通される。森本氏には旭日重光章や藍綬褒章をバックにパノラマ写真に納まってもらった。

オペラ興行師だった「森ヒロコ・スタシス美術館」館長長谷川洋行氏

驚きは
元気な知人
鬼籍入り

(2016・12・31)

道新に載っている国内外及び道内で亡くなった著名人の名前を見ていたら、「森ヒロコ・スタシス美術館」館長の長谷川洋行氏の名前があって驚く。11 月 13 日に 80 歳で逝去。お元気であったはずだが、ネットで調べると自動車事故であったと知る。

3年目の命日朝の空撮写真に貼る故服部裕之君の生前写真

(2018・12・31　空撮 2021・9・12)

墓碑銘や　先に逝きたり　若き人

道新の2018年の墓碑銘記事道内版に故服部裕之君が出ている。同じ記事に登山家故栗城史多氏が写真入りで載っている。服部君の葬儀日のブログに同君の顔写真を掲載しているので新聞記事と重ねて写す。服部君61歳、栗城氏35歳の若さだった。

あとがき

「あとがき」を書いている時に、「覚え書き」にも書いたように「“ある日”の人は“別の日”には別の人になっている」典型例があった。10月(2021年) 31日に第49回衆議院選挙があり、翌日11月1日に当選者の記事が朝刊を埋め尽くしていた。記事の中に北海道3区から立憲民主党で立候補して比例区で当選した荒井優氏の顔写真がある。

荒井氏には2018年8月23日にeシルクロード大学(eSRU)の講師をお願いしていて、当時札幌新陽高校の校長だった同氏から高校経営の話を聞いている。2020年2月27日に同高校に爪句集寄贈のために出向いた時の荒井氏の写真が本爪句集に採録されている。

総選挙翌日の空撮写真にその日の新聞記事とeSRUの講義時のパノラマ写真を貼り付けたものをこの「あとがき」に載せておく。写真に並べたQRコードを読み取る事で空撮パノラマ写真を表示して見る事が出来る。さらにそのパノラマ写真に記録されているQRコードを読み込むとeSRU

衆院選　当選者貼る　日の出景

で講義する荒井氏のパノラマ写真が表示される。
　本爪句集が出版される時には荒井氏は衆議院議員となっていて本爪句集の荒井氏は別人に見えてくる。爪句集に登場する他の方々にも多かれ少なかれ状況の変化はある。本爪句集はある人（時には人々）のある時の一瞬を記録したもので、そこ

に至る経緯もその後の経過も記されていないので人物記録からはほど遠い。写真に撮った人のインタビューを行っていてもその内容を爪句集には詳しく書いていないので、その人となりが表現されているとは言い難い。

本爪句集の写真に写っている人から、中途半端に写真に出されて迷惑だと言われそうな懸念は、少ないにせよ、ある。著者がブログの記事で公開したものを、豆本の写真集にするからご承知おきください、の断りもなく勝手に再利用している。しかし、著者と接点があって残しておきたいその人の一瞬を紙に留める作業をあえて行った。ブログでは見返す事のない写真や記事でも、豆本ではあるとしても、紙媒体にしておくと見返す機会が増え、著者にも好都合で、前述の懸念にこの利点が勝っている。

本爪句集に写真とお名前が出て来た方々は250名ほどで、集合写真に顔だけが写っている方々を含めると300名近くになるだろう。これらの方々とあの日あの時に交流があったことを爪句集出版に際し思い出していて、その機会が得られた事にお礼申し上げる。ページ数の制限で本爪句集に写真とお名前を記せなかった方々には、爪句集には採録できなかったけれど、あの日に共に居合わせた記憶があり、有難うと書き添えたい。

この「あとがき」を書いている日に秋の叙勲の新聞発表があった。瑞宝中綬章受章者に自分の名前がある。受章者になったからといって本人が何か変わる訳でもない。しかし、他人の目には別の人になって見えるのかもしれない。事実お目にかかった事のない国会議員や会社の社長からの祝電が届き、昨日とは別の自分が居るような錯覚を覚える。祝電にはいちいちお礼の返事を出していない。その代わりこの「あとがき」に祝電やメールがあった事を記してお礼としたい。

本爪句集出版に際してクラウドファンディング（CF）による支援をお願いした。CF は北海道新聞社が運営している find-h で、爪句集に関するプロジェクトの広告が紙面に出たのも受章記事と同日であった。その 11 月 3 日までに CF に支援を頂いた方のお名前を「あとがき」の末尾に記して、ご支援に対する感謝の気持ちを表したい。CF は 11 月末が締め切り期限であるけれど、前述の受章のお礼にも関連して、11 月中に本爪句集を出版したかった。そのような事情もあり出版を急いだ。したがって、11月3日以降にご支援を頂いた方のお名前をこの爪句集に記せなかった点はご容赦いただきたい。

このような急いだ出版に際して対応していただいた㈱アイワードの関係者にお礼申しあげる。最後にこれまでの爪句集出版と加えて受章に至るまで陰で著者を支えてくれた妻に感謝する。

瑞宝中綬章受章者に名前が
載った新聞報道があった日に
―2021年11月3日

クラウドファンディング支援者のお名前

（敬称略、支援順、氏名のカッコ内は爪句集全49巻寄贈先、2021年11月3日現在）

青木順子、三橋龍一、相澤直子、齋藤清、齋藤清（旭川高専）、柿崎保生、木野口功、奥山敏康、森成市、佐藤征紀、服部睦子、高橋昭憲（札幌市区民図書館）、亀谷良宏、坂東幸一、園部一也、惣田浩、田村麻由美、鳴海鼓大、町田隆敏、呉敦、国本利文、川島昭彦、近藤浩、石黒直文、及川欧、塚崎英輝、藤根信彦、無名会

著者：青木曲直（本名由直）（1941 ～）

北海道大学名誉教授、工学博士。1966 年北大大学院修士修了、北大講師、助教授、教授を経て 2005 年定年退職。e シルクロード研究工房・房主（ぼうず）、私的勉強会「e シルクロード大学」を主宰。2015 年より北海道科学大学客員教授。2017 年ドローン検定 1 級取得。北大退職後の著作として「札幌秘境 100 選」（マップショップ、2006）、「小樽・石狩秘境 100 選」（共同文化社、2007）、「江別・北広島秘境 100 選」（同、2008）、「爪句@札幌＆近郊百景 series1」～「爪句@天空のスケッチ series48」（共同文化社、2008 ～ 2021）、「札幌の秘境」（北海道新聞社、2009）、「風景印でめぐる札幌の秘境」（北海道新聞社、2009）、「さっぽろ花散歩」（北海道新聞社、2010）。北海道新聞文化賞（2000）、北海道文化賞（2001）、北海道科学技術賞（2003）、経済産業大臣表彰（2004）、札幌市産業経済功労者表彰（2007）、北海道功労賞（2013）、瑞宝中綬章（2021）。

≪共同文化社　既刊≫

〔北海道豆本series〕

1　爪句@札幌&近郊百景
212P（2008−1）
定価　381円+税

2　爪句@札幌の花と木と家
216P（2008−4）
定価　381円+税

3　爪句@都市のデザイン
220P（2008−7）
定価 381円+税

4　爪句@北大の四季
216P（2009−2）
定価 476円+税

5　爪句@札幌の四季
216P（2009−4）
定価 476円+税

6　爪句@私の札幌秘境
216P（2009−11）
定価 476円+税

7　爪句@花の四季
216P（2010−4）
定価 476円+税

8　爪句@思い出の都市秘境
216P（2010−10）
定価 476円+税

9　爪句@北海道の駅－道央冬編
P224（2010－12）
定価 476 円＋税

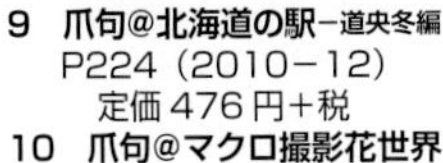

10　爪句@マクロ撮影花世界
P220（2011－3）
定価 476 円＋税

11　爪句@木のある風景－札幌編
216P（2011－6）
定価 476 円＋税

12　爪句@今朝の一枚
224P（2011－9）
定価 476 円＋税

13　爪句@札幌花散歩
216P（2011－10）
定価 476 円＋税

14　爪句@虫の居る風景
216P（2012－1）
定価 476 円＋税

15　爪句@今朝の一枚②
232P（2012－3）
定価 476 円＋税

16　爪句@パノラマ写真の世界－札幌の冬
216P（2012－5）
定価 476 円＋税

17　爪句@札幌街角世界旅行
224P（2012−7）
定価 476 円+税
18　爪句@今日の花
248P（2012−9）
定価 476 円+税

19　爪句@札幌の野鳥
224P（2012−10）
定価 476 円+税
20　爪句@日々の情景
224P（2013−2）
定価 476 円+税

21　爪句@北海道の駅−道南編 1
224P（2013−6）
定価 476 円+税
22　爪句@日々のパノラマ写真
224P（2014−4）
定価 476 円+税

23　爪句@北大物語り
224P（2014−11）
定価 476 円+税
24　爪句@今日の一枚
224P（2015−3）
定価 476 円+税

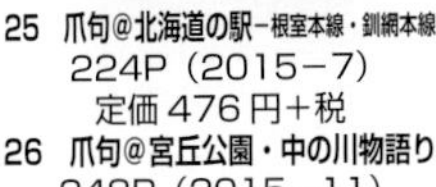

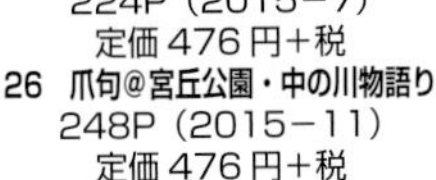

25　爪句@北海道の駅－根室本線・釧網本線
224P（2015－7）
定価 476 円＋税

26　爪句@宮丘公園・中の川物語り
248P（2015－11）
定価 476 円＋税

27　爪句@北海道の駅－石北本線・宗谷本線
248P（2016－2）
定価 476 円＋税

28　爪句@今日の一枚－2015
248P（2016－4）
定価 476 円＋税

29　爪句@北海道の駅
－函館本線・留萌本線・富良野線・石勝線・札沼線
240P（2016－9）
定価 476 円＋税

30　爪句@札幌の行事
224P（2017－1）
定価 476 円＋税

31　爪句@今日の一枚－2016
224P（2017－3）
定価 476 円＋税

32　爪句@日替わり野鳥
224P（2017－5）
定価 476 円＋税

33　爪句@北科大物語り
豆本　100 × 74㎜　224P
オールカラー
(青木曲直 編著　2017−10)
定価 476 円+税

34　爪句@彫刻のある風景
ー札幌編
豆本　100 × 74㎜　232P
オールカラー
(青木曲直 著　2018−2)
定価 476 円+税

35　爪句@今日の一枚
ー2017
豆本　100 × 74㎜　224P
オールカラー
(青木曲直 著　2018−3)
定価 476 円+税

36　爪句@マンホールの
ある風景 上
豆本　100 × 74㎜　232P
オールカラー
(青木曲直 著　2018−7)
定価 476 円+税

37　爪句@暦の記憶
豆本　100 × 74㎜　232P
オールカラー
(青木曲直 著　2018−10)
定価 476 円+税

38　爪句@クイズ・ツーリズム
豆本　100 × 74㎜　232P
オールカラー
(青木曲直 著　2019−2)
定価 476 円+税

39　爪句@今日の一枚
—2018
豆本　100 × 74㎜　232P
オールカラー
(青木曲直 著　2019−3)
定価 476 円+税

40　爪句@クイズ・ツーリズム
—鉄道編
豆本　100 × 74㎜　232P
オールカラー
(青木曲直 著　2019−8)
定価 476 円+税

41　爪句@天空物語り
豆本　100 × 74㎜　232P
オールカラー
(青木曲直 著　2019－12)
定価 455 円+税

42　爪句@今日の一枚
—2019
豆本　100 × 74㎜　232P
オールカラー
(青木曲直 著　2020－2)
定価 455 円+税

43　爪句@ 365 日の鳥果
豆本　100 × 74㎜　232P
オールカラー
(青木曲直 著　2020－6)
定価 455 円+税

44　爪句@西野市民の森物語り
豆本　100 × 74mm　232P
オールカラー
(青木曲直 著　2020－8)
定価 455 円+税

45 爪句@クイズ・ツーリズム
—鉄道編 2

豆本 100 × 74㎜ 232P
オールカラー
(青木曲直 著 2020－11)
定価 455 円＋税

46 爪句@今日の一枚
—2020

豆本 100 × 74㎜ 232P
オールカラー
(青木曲直 著 2021－3)
定価 500 円 (本体 455 円＋税10%)

47 爪句@天空の花と鳥

豆本 100 × 74㎜ 232P
オールカラー
(青木曲直 著 2021－5)
定価 500 円 (本体 455 円＋税10%)

48 爪句@天空のスケッチ

豆本 100 × 74㎜ 232P
オールカラー
(青木曲直 著 2021－7)
定価 500 円 (本体 455 円＋税10%)

北海道豆本　series49

爪句@あの日あの人

都市秘境100選ブログ　http://hikyou.sakura.ne.jp/v2/

2021年12月16日　初版発行

著　者　青木曲直（本名 由直）
aoki@esilk.org

企画・編集　eSRU 出版

発　行　共同文化社　〒060-0033　札幌市中央区北3条東5丁目
TEL011-251-8078　FAX011-232-8228
http://kyodo-bunkasha.net/

印　刷　株式会社アイワード

定　価　500円［本体455円+税］

ISBN 978-4-87739-360-1